KB068891

TIME ROULETTE
타임룰렛

6

초판 1쇄 인쇄일 2017년 11월 08일 | **초판 1쇄 발행일** 2017년 11월 13일

지은이 최예균 | **펴낸이** 곽동현 | **담당편집 팀장** 이범수
편집부 신연제 김예리 이윤아 홍현주 김유진 조서영 임소담 정요한 김미경

펴낸곳 (주) 조은세상 | 출판등록 제 2002-23호
주소 경기도 연천군 미산면 청정로 1355
TEL 편집부 02)587-2966 | FAX 02)587-2922
e-mail bukdu@comics21c.co.kr

ISBN 979-11-6171-387-8 | ISBN 979-11-6171-108-9(set) | 값 8,000원

TIME ROULETTE
타임룰렛 6

최예균 현대판타지 장편소설
NEO MODERN FANTASY STORY

CONTENTS

Chapter 63. 3시간 전 … 7

Chapter 64. 떠난 사람의 선물 … 32

Chapter 65. 매화각주 … 56

Chapter 66. 내탕고 … 77

Chapter 67. 소녀의 꿈 … 97

Chapter 68. 작별의 시간 … 132

CONTENTS

Chapter 69. 블랙아웃 … 190

Chapter 70. 놓치고 있던 것 … 207

Chapter 71. 시스템 … 230

Chapter 72. 달라진 역사 … 259

Chapter 73. 금수저가 사는 법 … 271

Chapter 74. 찌라시 … 290

Chapter 63. 3시간 전

사건 발생 3시간 전.

강녕전(景福宮) 연길당(延吉堂).

내 앞에는 무복 차림의 수향이 고개를 숙이고 앉아 있었다.

평소라면 그 뒤에는 상선 인우가 지키고 있었을 것이다.

하지만 오늘은 특별히 수향만 이곳으로 불렀고, 문 밖의 궁녀들과 환관들 역시 모두 나가 있으라고 일렀다.

그래서일까? 두 사람만이 존재하는 연길당 내부에는 고요한 적막감이 감돌고 있었다.

"내가 너를 왜 불렀는지 알겠느냐?"

질문을 받은 수향이 고개를 들었다.

그녀는 긴장을 했는지, 동공과 몸이 미세하게나마 떨리고 있었다.

한참을 기다려도 대답이 없자 다시 질문을 던졌다.

"대답을 하지 않을 생각이더냐?"

"소녀, 솔직히 잘 모르겠습니다."

작은 앵두 같은 그녀의 입술이 열렸다.

또한 흑단과도 같은 검은 눈동자가 날 쳐다봤다.

"짐작 가는 것이 하나도 없는 것이냐?"

"……처음에는."

잠깐의 침묵. 입술이 메마른 듯 잠시 입속으로 삼켰던 수향이 다시 입을 열었다.

"전하께서 소녀를 취하고자 하시는 줄 알았습니다."

"뭐?"

"궁에는 저보다 곱고 예쁘신 분들이 많지만, 소녀처럼 선머슴 같이 무예를 배우고 천둥벌거숭이 같은 여인은 없다고 들었습니다. 그러니 전하께서 이 색다른 천것의 모습에 잠깐 관심이 가지신 것이 아닐까 생각했습니다."

순간 말문이 막혔다.

이런 대답을 듣고자 아까 같은 질문을 던진 것은 아니었다.

'17살짜리 생각이 왜 이래?'

이제는 오히려 내가 무슨 말을 해야 할지가 고민되었다.

상대는 동침(同寢)을 상상하고 온 여인이었다.

그런 내 모습에 수향이 먼저 말을 이어나갔다.

“하지만 오늘 이곳에 오니 그게 아니라는 걸 깨달았습니다.”

“어째서?”

수향이 주변을 둘러보고는 말했다.

“이곳에는 그 흔한 주안상조차 없지 않습니까? 만약 전하께서 소녀와 동침하고자 하셨다면, 술이라도 한 잔 주셨겠지요. 안 그렇습니까?”

조금 전 미세하게나마 몸을 떨던 그녀는 어디에도 없었다.

[소녀가 무서우십니까?]

첫 번째 만남에서 보여줬던 당돌하면서도 당당했던 수향의 모습이 떠올랐다.

그 모습에 자연스레 미소가 지어졌고 날 바라보던 수향 역시 작게 웃음을 지었다.

두근두근.

누군가 방망이질을 하듯 심장의 고동소리가 귓전에 울렸다.

수향의 웃음은 마치 겨울이 끝나고 찾아온 봄과 같았다. 바라보고 있는 것으로 상쾌했고 또 따듯했다.

'신기하네.'

분명 예쁜 얼굴은 아닌데, 보고 있으면 마음이 편해지고 자꾸 눈길이 갔다.

[동기화가 향상됐습니다.]

[현재 동기화는 39%입니다.]

때마침 동기화가 향상됐다는 소리와 함께 이명이 찾아왔다.

그리고 그 순간 지금 내가 이러고 있을 때가 아니라는 자각이 들었다.

'후우. 정신 차리자. 나랑은 3살 차이라고 하지만 상대는 17살이야. 더군다나 이러려고 따로 부른 것도 아니잖아.'

가볍게 속으로 한숨을 내쉬고는 마음을 굳게 다잡았다.

"내가 너를 따로 부른 것은 한 가지 부탁을 하기 위해서이다."

"부탁이요?"

"그래. 그 전에 우선 내가 널 검동으로 삼은 이유를 아느냐?"

"그야 호위를 위해서……."

"반은 맞고 반은 틀리다."

난 고개를 저으며 말을 이었다.

"네 실력은 지난 내금위와의 대련에서 충분히 살펴봤다. 대단하기는 했지만, 그렇다고 해서 굳이 내가 널 검동으로 삼을 만큼의 실력은 아니야. 호위로 내금위 서넛을 더 거느리면 되는 일이니까 말이다."

자존심이 상할 수도 있는 말이었지만, 수향의 표정에는 별다른 변화가 없었다.

"그럼, 어째서 소녀를 검동으로 삼으셨습니까?"

"날 지키는 이들은 생각이 많기 때문이다."

"네?"

반문하는 수향을 보며, 난 그녀를 검동으로 뽑은 이유를 차근차근 설명했다.

"궁에 있는 호위 대부분은 왕족부터 시작해서 정승 대다수의 얼굴을 알고 있다. 다시 말해서 만약 그들이 나를 암습하려고 한다면, 몸을 움직이기에 앞서 머리로 고민할 수밖에 없다. 저자는 왕족인데 과연 저런 짓을 할 것인가? 또 저자는 영의정인데 설마 일을 저지를까 하는 등의 생각 말이다."

"……소녀, 무슨 말씀인지 잘 모르겠습니다."

"예를 들어 네 스승이 내 목숨을 노린다고 생각해 보거라. 혹은 네 양아버지인 상선이 그렇다고 생각해도 좋다. 이때 너는 내 호위로서 추호의 고민도 없이 검을 휘둘러 그들의 목을 벨 수 있겠느냐?"

"……"

수향은 선불리 대답하지 못했다. 하지만 그게 바로 그녀의 대답이기도 했다.

단지 상황을 상상한 것만으로도 갈등을 하는데, 실전에서는 어떻겠는가?

분명 지금보다 더한 고민과 생각을 하게 될 것이다.

짧은 순간에 불과했지만, 그 사이 수향의 얼굴이 어두워졌다.

"송구하옵니다, 전하."

"자책할 필요는 없다. 네가 아니라 그 누구라도 마찬가지일 테니까. 또 그렇기 때문에 오늘 널 이 자리에 부른 것이다."

"네?"

수향의 반문을 뒤로하고 미리 준비했던 목함을 꺼냈다.

특별한 문양은 새겨져 있지 않지만, 묵빛을 띠고 있는 목함은 척 보기에도 고풍스러운 분위기를 풍기고 있었다.

이 목함은 상선 인우를 시켜 내탕고(內帑庫)에서 특별히 가져 온 물건이었다.

내탕고란, 왕실의 재물과 왕족의 사유재산을 보관하는 곳이다.

이곳에는 금, 은, 비단, 포목 등을 비롯해서 비공식적으로

임금에게 진상된 물건이 그 수를 헤아리기 어려울 정도로 가득했다.

"이게 무엇입니까?"

목함을 받아 든 수향이 고개를 갸웃거렸다.

"열어 보려무나."

수향이 조심스레 목함으로 손을 가져가더니 이내, 자물쇠를 열었다.

딸칵.

"비도?"

열린 목함 사이로 보인 것은 붉은 비단으로 감싸진 세 자루의 비도였다.

시퍼런 날을 빛내는 비도는 각기 손잡이마다 용과 봉황, 그리고 호랑이가 조각되어 있었다.

첫 눈에 보기에도 그 자태는 범상치 않아보였다.

"삼신도(三神刀)라는 이름을 가졌다고 하는구나."

상선에게 물으니 누가 만들었는지는 알 수 없으나, 내탕고에 입고된 지 백 년은 넘었다고 했다.

그리 오랜 시간이 지났음에도 삼신도의 날은 빛을 잃지 않고 살아 있었다.

"삼신도……."

마치 귀신에게 홀린 것 같은 눈빛으로 수향이 세 자루의 비도를 쳐다봤다.

비록 나이가 어리다고는 하지만, 그녀 또한 적지 않은 세월 동안 무예를 닦아 온 무인이었다.

좋은 병장기를 보고 마음이 흔들리는 것은 당연한 일이었다.

"네가 검술 솜씨뿐만 아니라 비도술 또한 대단하다고 들었다. 앞으로 내 호위를 잘 부탁한다는 의미에서 특별히 하사하는 것이다."

"저, 전하! 성은이 망극하옵니다!"

"하지만 조건이 있다."

"……?"

수향이 비도에게 주었던 시선을 거두고 나를 쳐다봤다.

"임금이 전장에 나가는 장수에게 검을 하사한다는 것은 전쟁터에서 그 검을 지닌 장수의 뜻이 곧 임금의 뜻이라는 것과 같다. 지금 내가 네게 내리는 비도 또한 그런 것이다."

"네?"

"수향아."

"네, 전하."

"그 비도로 날 위협하는 자들을 죽일 수 있겠느냐?"

"물론입니다."

"설령 그자들이 네가 상상치 못할 신분을 가지고 있는 자들이라고 해도 말이냐?"

거울을 통해 이산의 죽음을 본 상황이다. 아직 그 흉수가 누구인지는 실마리조차 잡지 못하고 있다.

이 때문에 계속 고민을 하던 나는 따로 수향을 불렀다.

만약의 사태를 대비해서 그녀를 검동으로 삼았지만, 이제는 더 만약의 사태를 대비해야 한다.

그러기 위해서는 날 지키는 이들의 진실된 마음을 얻을 필요가 있었다.

'내 판단을 믿자.'

적어도 내가 생각하기로 지금 궁에서 가장 믿을 수 있는 사람은 바로 수향이었다.

"전하, 소녀 한 가지만 묻겠습니다."

"무엇이더냐?"

"이 조선에서 전하보다 높은 사람은 없겠지요?"

"물론이다."

일 초의 고민도 없이 바로 대답했다.

왕의 말이 곧 법이고 운명인 시대였다.

왕보다 높은 존재가 있다면, 단 하나.

하늘뿐일 것이다.

"그리고 전하께서는 혹 제가 그 대단한 사람을 해쳤을 경우 저를 버리실 것입니까?"

수향은 그 어느 때보다 진지한 표정을 짓고 있었다.

'아마 그녀는 지금 내가 떠올린 것과 같은 생각을 하고 있을 것이다.'

토사구팽(兎死狗烹).

교활한 토끼가 잡히고 나면 충실했던 사냥개도 쓸모가 없어져 잡아먹게 된다는 일화.

지금은 내게 해가 되는 존재라면 그 누구라도 제거하라고 했지만, 훗날 그 상대에 따라서 또 다시 말이 바뀔 수도 있는 노릇이었다.

하지만 이런 그녀의 질문조차 대답을 하지 못한다면, 지금과 같은 일을 벌이지도 않았을 것이다.

"적어도 이것 하나만은 약속하마."

"……?"

"그 비도로 죽인 자. 또 나를 해하려고 했던 자. 그 앞에서 그 누구도 네게 죄를 묻지 못하게 하겠다. 네가 나를 지키듯 나 또한 너를 지킬 것이다. 적어도 내가 조선의 임금의 자리에 있는 한, 이 약속은 유효할 것이다."

말을 끝내고 조용히 머릿속으로 생각했다.

'이건 당신도 지켜야 하는 약속입니다.'

지금 하는 약속은 나를 지키고 내 욕심을 채우기 위해서 하는 것이 아니다.

살리고자 하는 것은 이산의 목숨.

내가 무사히 임무를 끝낸다면, 앞으로도 끝까지 유지되어야 할 약속일 것이다.

[동기화가 향상됐습니다.]

[현재 동기화는 40%입니다.]

그리고 마치 이에 대한 답변이라도 하듯, 동기화가 소폭 향상되었다.

내 확신 어린 대답에 수향이 빙그레 미소 지었다.

"그 정도면 충분합니다. 소녀, 그 어떤 상황에서도 망설이지 않고 전하를 지키겠습니다."

다시 현실.

내 눈앞에는 오른쪽 어깨를 축 늘어트리고 있는 왕대비, 미나코의 모습이 보였다.

뚝! 뚝!

오른쪽 어깨에 깊숙이 박힌 단도를 타고 피가 흘러내렸다.

그 피는 입고 있는 당의를 흥건히 적시더니, 한 방울씩 바닥에 고이기 시작했다.

"이런 말도 안 되는……."

미나코의 목소리는 한껏 격앙되어 있었다. 그도 그럴 것이, 다 잡았다고 생각한 먹이에게 도리어 급소를 물렸다. 황당하기 짝이 없을 것이다.

"저, 전하. 괜찮으십니까?"

고작 일 보. 아주 짧은 거리 앞에서 검을 빼들고 있는 수향이 내 안위를 물었다.

부르르.

수향의 몸은 한겨울 비를 맞은 짐승마냥 떨리고 있었다.

내 부름에 비도를 날렸지만, 모르지 않았을 것이다.

내가 지금 다리 위에서 누구와 함께 있으며, 그녀 자신이 누구를 향해 비도를 날렸는지 말이다.

하지만 그럼에도 그녀는 내가 부르자 한 치의 망설임도 없이 내가 줬던 비도를 날렸다.

만약 미리 그녀에게 언질을 주지 않았으면 어땠을까?

혹 수향이 아닌 다른 호위를 대동했으면 또 어땠을까?

"하아."

가슴 아주 깊은 곳에서부터 숨이 토해졌다. 아직도 심장의 두근거림과 아찔함이 느껴졌다. 하지만 아직은 이런 감정을 표현할 때가 아니었다.

스읔.

"고맙구나. 덕분에 살았다."

수향의 어깨를 가볍게 두드려줬다. 그러자 심하게 떨리던 그녀의 몸이 차츰 가라앉기 시작했다.

그리고 그 뒤로는 어이가 없다는 눈빛과 함께 황당한 얼굴의 미나코가 서 있었다.

"끄응. 이런 전개는 상상도 하지 못했는데."

"……."

"그러고 보니 이상하네요. 당신은 분명 내가 총을 꺼냈을 때 마치 그게 뭔지 아는 반응을 보였죠? 그때는 이제 끝이라는 생각 때문에 그냥 넘어갔는데."

"……."

미나코가 가늘어진 눈매로 날 살폈다.

"당신, 설마 여행자였나요?"

그녀의 물음에 나는 가볍게 고개를 끄덕였다.

지금 상황에서 이 정도쯤은 밝힐 수 있는 사실이었다. 그리고 나 또한 그녀에게 묻고 싶은 것이 한두 가지가 아니었다.

"나도 왕대비가 여행자일 거라고는 상상도 못했지."

대답을 들은 미나코가 잠시 멍한 표정을 지었다. 그러더니 이내 웃음을 토해냈다.

"후후. 완전히 당했네. 설마 당신이 여행자라고는 상상도 하지 못했는데 말이죠. 대체 언제부터였던 거죠? 혹시 고뿔에 걸려 정사를 보지 않던 그때부터인가요? 아니면, 격구에서 넘어졌을 때? 사냥을 나가서 노루를 잡았을 때?"

그녀는 많은 질문을 던졌지만, 나는 최대한 말을 아꼈다.

여행자라는 것은 알렸지만, 나 또한 상대가 여행자라는 것밖에 알지 못한다.

서로 궁금한 것을 한 가지씩 주고받는 것이 아니라면, 내가 아는 것을 알려줄 생각은 없었다.

"하아……."

미나코가 고개를 흔들었다.

그리고는 찡그린 표정으로 자신의 어깨를 쳐다봤다.

비도가 얼마나 세게 날아와 박혔는지 어깨에는 그 손잡이만 보이고 있었다.

"너무하네요. 그래도 같은 여자인데, 이렇게 심한 짓을 하다니! 더군다나 내가 누구인지 모르지 않을 텐데 말이죠."

분노가 어린 미나코의 눈빛을 받은 수향의 몸이 움찔거렸다.

스윽.

재빨리 한 걸음 앞으로 나서 수향의 앞에 섰다. 그 모습에 미나코의 눈매가 반달을 그렸다.

"어머, 당신 혹시 그 어린 계집한테 마음이라도 있는 건가요? 이뤄질 수 없는 사랑을 좋아하는 타입? 낭만적이기는 해도 그런 쪽은 내 취향이 아닌데."

"……헛소리는 그쯤하지. 그쪽 대체 정체가 뭐야?"

어지간하면 입을 다물고 있으려고 했지만, 계속해서 말도 안 되는 소릴 듣고 있을 상황도 아니었다.

이미 나는 물론이고 상대 또한 서로가 여행자라는 것을 알게 된 상태였다.

괜스레 말을 돌릴 필요는 없었다.

물론 수향이 옆에 있다고는 하지만 그것을 신경 쓰고 말을 아끼기에는 시간이 너무 없었다.

임무를 실패한 이상 미나코가 왕대비의 몸에 깃들어 있을 수 있는 시간은 많아봐야 수 분 남짓일 것이다.

“제 정체라. 그냥 산 좋고 물 좋은 곳을 찾아다니는 여행자라고나 할까요?”

“뭐?”

“후훗. 당신 아직 초짜인가보네요.”

키득거리던 미나코가 이내 눈을 찡긋 하고는 입을 연다.

“기껏해야 레벨2? 아니면 레벨3 정도 되려나? 흐음, 지금 모습을 보면 레벨2 정도가 맞겠네요. 그게 아니라면 지금까지의 대화를 통해서 대충 내가 누구인지를 눈치 챘을 테니까요. 자랑은 아니지만, M.G에서 저 꽤 유명하거든요. 그런 저를 모른다는 건 M.G에 아예 관심이 없거나 혹은 아직 접근할 수 있는 권한이 없다는 거겠죠. 제 생각으로 그쪽은 후자인 것 같지만요.”

“M.G?”

초짜라는 말은 기분이 나빴지만, 그녀의 입에서 한 번도 들어보지 못한 단어가 흘러나왔다. 내 반문에 미나코가 웃음을 흘렸다.

“신들의 사자. 레벨2인 당신은 아직 알 수 없는 곳이죠.”

"……."

"뭐, 충분이 이해가 되긴 해요. 여행자들 중에서 열에 아홉은 레벨2에서 머물다 끝나는 사람들이 태반이니까요. 그저 자기가 가진 것에 만족하고 안주할 뿐이죠."

순간 머릿속에 여러 가지 생각이 떠올랐다가 사라졌다.

그중 가장 큰 의문은 이 여자는 여행자라는 것에 대해 얼마나 알고 있을까였다.

하지만 이런 궁금증을 입 밖으로 꺼낼 정도로 바보는 아니었다.

"후우. 그래도 아쉬운데요. 조금 더 준비를 했으면, 이렇게 어이없게 당하지는 않았을 텐데. 아, 물론 그쪽을 무시하는 발언은 아니에요. 다만 나 자신한테 화가 조금 났다고나 할까? 그래도 레벨과 경험이란 게 있는데, 고작 2레벨인 당신에게 이렇게 일방적으로 패배를 선언하게 될 줄은 몰랐거든요."

미나코는 한숨을 쉬면서 넋두리를 늘어놓았다. 그럴수록 내 긴장감은 배가 되었다.

분명 지금의 그녀는 한쪽 팔을 움직일 수 없는 상태다. 하지만 단지 그것으로 안심을 하기에는 워낙 기상천외한 아이템들이 많았다.

"아차! 당신 혹시 핑크빛 케이스의 거울을 줍지 않았나요?"

움찔.

미나코의 말을 듣는 순간 나도 모르게 몸이 떨리고 말았다.

생각지 못한 질문에 대한 자동 반사였다.

뒤늦게 후회했지만, 그때는 이미 그녀가 내 반응을 보고 눈치를 챈 뒤였다.

"어휴, 역시 그 거울을 가진 사람이 당신이었군요. 어쩐지 사람을 시켜서 찾으려고 해도 도무지 찾을 수 없더라니. 그 거울의 가치를 모르는 사람의 손에 들어갔다면, 분명 다시 찾을 수 있을 거라 생각했는데."

미나코는 납득이 간다는 듯 고개를 끄덕이며 말을 이었다.

"이제야 어째서 당신이 연회 장소에 내금위는 물론 우금위와 겸사복까지 불렀는지 이해가 되네요. 거울을 통해서 본 거겠죠? 당신, 아니 정확히 말하면 그 몸의 주인이 죽는 모습을요."

그녀는 마치 모든 상황을 직접 눈으로 본 것처럼 추리를 해나가고 있었다.

"뭐, 그렇게 불안한 눈빛으로 보지 말아요. 이미 패배한 입장에서 구질구질하게 질척거리는 타입은 아니니까. 아이템 역시 비싸게 주고 사긴 했지만, 죽이려고 했던 사람한테 다시 달라고 하기에는 염치가 없죠. 어찌됐든 이번에는 내

패배. 그래서 그쪽 여행자는 이름이 뭐죠? 내 이름은 아까 말했듯 미나코예요. 혹 이름이 곤란하면, 국적이라도 알려주는 게 어때요?"

나는 대답하지 않았다.

본능적으로 지금 이 순간 무슨 말을 하더라도 내게 불리하다는 것을 느꼈다.

내가 알고 있는 것이 하나라면, 상대가 알고 있는 것은 그 몇 배나 되었다.

'아무래도 이번 임무가 끝나면, 준 그 녀석에게 물을 것이 많겠네.'

얄미운 표정을 짓고 있을 준을 떠올리니, 벌써부터 한숨이 나왔다.

"흐응."

내가 입을 다물고 있자 미나코가 고개를 절레절레 흔들었다.

"입이 과묵한 사람이네요. 그래도 가기 전에 이름을 듣고 작별인사라도 하려고 했는데. 뭐, 여행을 계속하다 보면 나중에 또 볼일이 있겠죠. 아니면 M.G에서 그쪽 소식을 듣게 되던가."

동시에 그녀의 시선이 경회루와 수향을 지나쳐 나를 향한 다음 다시 연못위의 등불을 쳐다봤다.

"이왕이면 끝까지 꼭 살아남아서 임무를 완수했으면,

좋겠네요. 비록 임무가 같았다고 해도, 내가 이미 실패한 마당에 그 녀석이 성공하는 모습은 별로 보고 싶지 않거든요. 분명 건방을 떨면서 으스댈 테니까요."

목젖이 간질거린다.

무슨 소리를 하는 것일까?

한 가지 확실한 것은 그 어느 때보다 머릿속에서 위험 신호가 강하게 울리고 있다는 점이었다.

하지만 이런 나와 달리 미나코는 태연하기 짝이 없었다.

다른 누가 본다면, 오히려 그녀가 임무를 성공했고 내가 실패한 것처럼 보일 것이다.

방긋.

환한 미소를 지은 미나코가 날 보며 말했다.

"사실 이건 비밀인데, 임무를 수행하면서 그 이산이라는 남자가 꽤 마음에 들었어요. 정말 멋진 남자였거든요. 그게 아니었다면, 지금까지 일을 미루지도 않았을 텐데. 이럴 줄 알았다면 좀 더 가……."

툭.

말을 잇던 미나코, 아니 왕대비의 몸이 순간 비틀거리더니 이내 실이 끊어진 인형처럼 자리에 그대로 쓰러졌다.

[숨겨진 임무 '대적자'가 활성화됐습니다.]

[정산의 방에서의 보상이 소폭 상향됩니다.]

“……!”

귓가에 들리는 목소리도 잠시였다.

깜짝 놀란 내가 쓰러진 그녀를 향해 걸음을 옮기려던 순간이었다.

콰아악!

연못의 등불들이 물보라와 함께 하늘로 솟구쳤다.

동시에 수향이 재빨리 앞으로 튀어나가 검을 휘둘렀다.

챙! 챙!

허공에 청색의 불꽃이 피어올랐다.

순식간에 튕겨져 나간 두 자루의 단도가 연못에 빠졌다.

탓.

경회루의 다리 위로 들리는 발자국 소리.

연못에서 물보라를 뿜어내며, 등장한 이들은 검은 옷을 입은 자객들이었다.

“전하, 자객입니다.”

수향이 긴장 어린 표정으로 검을 고쳐 잡았다.

그럴 것이 연못 위에서 솟아 오른 자객의 수는 대충 헤아려도 십여 명이 넘었다.

빠득.

‘이 자식들 대체 언제부터 숨어 있던 거야? 무슨 물개도 아니고.’

경회루에서 연회가 벌어진 지 벌써 몇 시간이다.

그렇다는 말은 자객들이 물속에서 대기하고 있던 시간이 최소 그쯤은 된다는 것이다.

물론 이는 최소로 잡은 시간일 뿐이다.

연회가 벌어지기에 앞서 궁의 나인들이 필요한 집기와 음식을 날랐으니, 어쩌면 하루 전날부터 준비를 하고 있던 것일지도 몰랐다.

평범한 사람이었다면, 하루 종일 물속에 들어가 있는 것만으로도 진즉 정신을 잃었을 것이다.

'이들도 미나코인가 하는 저 여행자가 준비시킨 건가?'

내 시선이 자연스레 쓰러져 있는 왕대비에게로 향했다.

하지만 미나코가 남긴 마지막 말을 떠올린 나는 고개를 흔들었다.

'그녀의 짓이 아니야. 분명 어딘가에 또 다른 여행자가 있다.'

미나코는 내가 임무를 꼭 완수했으면 좋겠다는 말을 남겼다.

만약 이산을 죽이는 것이 목표인 여행자가 본인 한 명이었다면, 결코 그런 말을 하지는 않았을 것이다.

그녀의 임무 실패는 반대로 내 임무의 성공이기 때문이었다.

하지만 임무가 성공했다는 목소리는 아직까지 들려오지 않고 있었다.

'……마지막에 연못의 등불을 바라봤던 것은 자객이 있다는 사실을 알려주려고 했던 것인가?'

확실히 마지막 순간 그녀의 행동은 조금 이상했다. 등불을 향해 유난히 많은 시선을 준 것만 해도 그렇다.

하지만 계속해서 이런 것을 추측만 하고 있을 수는 없었다.

'당장 급한 것은 자객들이지만, 왕대비를 이대로 내버려 둘 수는 없다.'

이산과 왕대비 둘 중 하나의 목숨을 선택하라고 한다면, 당연히 일 초의 망설임도 없이 전자를 선택할 것이다.

하지만 그렇다고 해서 왕대비의 목숨이 가벼운 것은 아니었다.

왕대비 또한 지금 시점에서 이리 죽어서는 안 될 사람이었다.

"수향아, 잠시만 부탁한다."

둥글게 에워싸듯 서 있는 자객들을 경계하며 속삭이듯 작은 목소리로 말했다.

수향의 고개가 그에 맞춰 끄덕여졌다.

나는 재빨리 급속 치료 알약을 입에서 뱉어내고는 왕대비를 살폈다.

왕대비가 쓰러진 자리 아래는 피 웅덩이라고 해도 좋을 정도로 많은 핏물이 고여 있었다.

얼굴색 또한 파리했다.

자객들을 모두 정리하고 어의를 부를 때쯤에는 이미 숨이 끊어질 확률이 높았다.

'이게 옳은 선택인지는 모르겠지만.'

아직 이산을 노리는 여행자가 남아 있는 상황.

그런 상황에서 여벌의 목숨이라고도 할 수 있는 이 알약은 분명 신중을 기해서 사용해야 하는 것이 맞았다.

하지만 그렇다고 한들 충분히 살릴 수 있는 목숨이 이대로 허망하게 끊어지는 것을 두고 볼 수는 없었다.

촤악!

왕대비의 어깨에 박힌 단도를 뽑아내자 피분수가 솟구치며 내 얼굴을 적셨다.

짙은 피 냄새가 코와 입사이로 스며들었다. 다행히 피 냄새에 제법 익숙한 이산의 몸과 내 정신력으로 인해 구역질을 하지는 않았다.

왼손으로 재빨리 피가 뿜어져 나오는 상처 부위를 압박해서 지혈했다.

오른손으로는 들고 있던 알약을 잘게 부숴 그녀의 입으로 밀어 넣었다.

'효과가 있다!'

급속 치료라는 수식어가 거짓은 아니었던지, 알약의 효과는 곧장 나타났다.

우선 분수처럼 솟구치던 피가 줄어들었으며, 상처 부위가 급속도로 아물기 시작했다.

뿐만 아니라 파리하던 혈색 또한 점차 원래의 색을 찾아가기 시작했다.

미약하기는 하지만, 코와 입에서는 쌔근거리는 숨소리 또한 흘러나오기 시작했다.

'이거 대단한데?'

만약 조금 전 상황을 직접 보지 못했다면, 나 역시 왕대비가 생사의 경계를 헤매던 사람이라고는 생각하지 못했을 것이다.

그만큼 급속 치료 알약의 효과는 감탄을 할 만큼 탁월했다.

[동기화가 향상됐습니다.]

[현재 동기화는 49%입니다.]

사람을 살리는 경험이기 때문일까?

순식간에 동기화가 대폭 향상되었다.

'그나저나 49%라니, 아슬아슬하네.'

현재 동기화의 수치는 49%였다.

만약 50%가 됐다면, 정착자의 특성이 개방되었을 것이다.

'1%가 아쉬울 줄이야.'

지금의 상황을 한결 수월하게 넘겼을지도 모른다는 생각에 아쉬운 마음이 들었다.

'어찌됐든 앞으로도 동기화의 물약이랑 급속 치료 알약은 필히 구매를 해야겠네. 자, 일단 급한 대로 왕대비 쪽은 해결됐고.'

스윽.

시선을 돌려 수향과 대치중인 자객들을 쳐다봤다.

머리끝부터 발끝까지 검은 옷으로 감싼 그들에게서 확인할 수 있는 것은 두 눈동자와 손에 들린 한 자루의 검뿐이었다.

"누구냐고 묻는다고 해서 대답하지 않을 것이고 누가 시켰는지 묻는다고 해서 말하지 않겠지."

자객들은 굳게 입을 다물고 나를 쳐다봤다. 그들의 태도는 마치 당연한 얘기를 왜 꺼내느냐는 것과 같았다.

하지만 과연 그들이 그런 태도를 얼마나 유지할 수 있을까?

지금의 내게는 나를 죽이려고 하는 대상을 회유할 수 있는 충분한 카드가 있었다.

이 몸이 바로 조선의 왕이기 때문이다.

Chapter 64. 떠난 사람의 선물

"이렇게 하지. 자네들을 고용한 사람보다 열 배의 돈을 주겠네. 부족하다면 스무 배를 주지. 그러니, 오늘은 그냥 물러가는 게 어떻겠나?"

움찔.

검을 겨누고 있던 자객 몇몇이 순간 몸을 떨었다.

만약 나를 노리는 자객 모두가 여행자라면, 억만금을 준다 한들 콧방귀를 뀔 것이다.

하지만 이들은 단지 이 시대에 사는 사람들로 그저 고용된 이들일 뿐이다.

애초에 돈에 의해 고용된 자들. 돈 앞에서 자유로울 수가 없었다.

그리고 조선의 왕인 나는 이들에게 줄 수 있는 돈이 많았다.

망설이는 자객들의 모습을 보며, 도리어 내가 한 걸음 앞서 나갔다.

"욕심이 많군. 하긴 그 정도 배짱은 있어야지 임금을 죽이고자 마음먹었겠지. 좋네, 그럼 30배는 어떠한가? 자네들이 동전 한 닢을 받기로 했다면, 30닢이고. 열 닢을 받기로 했다면 300닢이네."

부르르.

이번에는 배에 가까운 숫자가 몸을 떨더니, 슬그머니 한쪽으로 시선을 돌린다.

'저놈이 대장이군.'

같은 복장과 검을 들고 있다.

하지만 이만한 숫자가 몰려왔다면 분명 명령을 내리는 머리가 있기 마련이었다.

"보아하니 네가 이들의 대장인 것 같은데. 어떻게 생각하느냐? 30배의 돈과 목숨. 이 두 가지라면, 나쁘지 않은 제안이라고 생각되는데."

내 눈빛을 받은 자객의 대장은 아무런 대답도 하지 않았다.

하지만 내 눈에는 똑똑히 보였다.

그자의 동공은 분명 심하게 떨리고 있었다.

'어차피 내 돈도 아니다. 돈으로 위기를 넘길 수 있다면, 30배가 아니라 300배라도 아깝지 않아.'

어차피 죽어버리면, 산을 쌓을 정도의 금은보화가 있다 한들 무슨 소용이겠는가?

하지만 그렇다고 해서 너무 큰 액수를 불러서는 안 된다.

자칫 말도 안 되는 액수를 불러버리면, 도리어 상대방에게 불신을 심어줄 수 있었다.

느와르 영화에서도 흔히 나오는 장면이지 않던가?

천문학적인 액수는 사람의 마음을 홀리기보다는 오히려 끝없는 의심과 불안감으로 결국 파국을 만들 뿐이었다.

적당한 선을 지켜야지 받는 상대도 혹하는 마음이 생긴다.

"조선의 주인! 이 나라 왕의 이름으로 약속하지. 지금 물러난다면, 자네들의 목숨을 보장하고 받은 의뢰 금액의 30배를 주겠네."

또 한 번의 제안.

그러자 지금까지 입을 다물고 있던 무리의 대장이 움찔거리며, 허스키한 목소리를 토해냈다.

"그게 정말입니까?"

"아까 듣지 못했는가? 이 나라의 주인인 조선의 임금이 하는 말이다."

마지막 쐐기를 박듯 힘을 주어 말했다.

"……."

별다른 변수가 없다면, 지금 상황을 보건데 이들은 이대로 물러날 확률이 높았다.

하지만 세상일이란 게 언제나 내 뜻대로는 흐르지 않는 법이었다.

"자객이다! 내금위는 전하를 지켜라!"

일촉즉발(一觸卽發)의 순간.

경회루가 떠나가듯 쩌렁쩌렁한 목소리가 울려 퍼졌다.

'어떤 멍청한 놈이!'

기껏 힘들게 만들어 놓은 판이었다.

그리고 곧 그 판에 올린 물건을 내가 모두 먹을 차례였다.

그런데 엉뚱한 놈이 소리 한 번으로 파토를 만들어 버렸다.

조금 전의 소리가 들려온 순간 예의 주시하고 있던 대장이란 녀석의 눈동자가 흔들림을 멈췄다. 더불어 흔들리고 있는 놈의 칼끝까지도.

"……쳐라!"

대장의 입이 열림과 함께 앞서 수향의 앞에 있던 자객이 그대로 몸을 날리며, 검을 휘둘렀다.

하지만 놈이 간과한 것이 두 가지가 있었다.

첫째는 자객이란, 정면 대결이 아닌 암습을 해야 하는 자들이라는 것이다.

그리고 둘째는 수향의 실력이 이미 내금위보다 앞선다는 사실이었다.

"느려."

짤막한 내뱉음과 함께 수향의 검이 번개 같은 속도로 자객의 허리춤을 베어냈다.

서걱!

"크윽. 건방진 계집이!"

자객이 급히 왼손으로 핏물이 베어 나오는 허리를 움켜잡았다.

그리고 곧장 검을 내지르려다가 몸을 비틀거렸다.

"이, 이게 대체……."

당황하는 자객이 자신의 허리춤을 쳐다봤다.

피가 흘러내리고는 있지만, 벌써부터 다리가 풀릴 정도의 출혈은 아니었다.

하지만 갈수록 다리의 힘을 풀려만 갔다.

그 모습에 궁금증이 생긴 내가 작은 목소리로 수향에게 물었다.

"어찌된 것이냐?"

"마비독입니다."

"독이라고?"

그녀의 입에서 전혀 생각지도 못한 단어가 튀어 나왔다.

"내금위와의 대련에서 느꼈습니다. 소녀, 아직 전하를 지키기에는 힘이 부족하다는 것을 말입니다. 또 저의 스승님께서 가르치시길 싸움에서는 비겁함이 중요한 것이 아니라 살아남는 것이 우선이라고 하셨습니다. 정당하게 싸운다 한들 죽어버리면, 그저 한낱 개죽음에 불과하다고 말이지요. 더욱이 지금은 다른 사람도 아니고 전하를 지켜야 하는 몸. 비겁함이 무엇이 대수겠습니까?"

수향의 입에서 이런 소리가 나올 줄은 생각하지 못했다.

하지만 그녀의 말이 오히려 무지했던 나 자신을 일깨워줬다.

"하하! 너와 네 스승의 말이 백 번 옳다. 세상은 비겁한 사람보다 싸움에서 진 패자를 더 헐뜯을 뿐이니까. 역사란, 결국 승자에 의해 다시 쓰이는 법이지."

삼국지를 보면, 천하제일의 무장이었던 여포는 조조에게 패했을 때 목숨을 구걸한 것으로 많은 사람들에게 손가락질을 받았다.

하지만 훗날 세상이 각박해지자 많은 사람들이 조조에게 목숨을 구걸한 여포의 마음을 이해하기 시작했다.

천하제일의 무장이란 명성도 살아 있어야 그 가치를 인정받는 것이다.

아무것도 할 수 없는 시체가 되어 무엇을 하겠는가?

살아 있어야 천하를 제패하고 지금의 치욕도 씻을 수 있다는 것을 여포는 알았던 것이 아닐까?

그리고 어쩌면 조조 또한 그런 여포의 생각을 알기에 한 치의 망설임도 없이 그의 목을 베어버린 것인지도 모른다.

"보통 계집이 아니다. 한꺼번에 달려들어라!"

수향의 실력이 범상치 않음을 뒤늦게 깨달은 자객의 대장이 양옆에 있는 이들을 향해 손짓을 보냈다.

"제가 반드시 지키겠습니다."

그들의 모습을 보며 수향의 결의 어린 목소리로 말했다.

"후우."

그 모습에 나는 참았던 한숨을 토해냈다.

지금은 고민을 할 때가 아니다.

또 다시 고민을 한다면, 자칫 수향이 다칠 수도 있었다.

그리고 그 모습을 보는 순간 난 또다시 후회를 할 것이다.

후회할 것을 아는데 참는다면, 그것이야 말로 정말 바보가 아닐까?

탓!

자객들이 수향에게 달려들기 위해 땅을 박찼다.

그 모습을 확인하며, 난 오른손을 들어 올렸다.

"……어쩔 수 없네."

탕!

"크아악!"

풍덩!

경회루의 울려 퍼지는 한 자루의 총성.

그와 함께 달려들던 자객 한 명이 비틀거리더니 이내 다리가 뒤엉켜 뒤로 나자빠졌다.

스윽.

고개를 돌린 내 시선은 그대로 자객들의 대장으로 향했다.

복면으로 가려져 있지만, 그가 당황하고 있다는 사실은 충분히 느낄 수 있었다.

"……그, 그것이 무엇이냐?"

시선을 받은 그가 움찔거리며 내 손에 들린 물건을 쳐다봤다.

그로서는 생전 듣지도 보지도 못한 물건이었다.

하지만 분명한 것은 천둥 같은 소리가 울려 퍼짐과 동시에 자신의 부하가 저 괴상한 물건에 당했다는 것이다.

피식.

"선물."

"……?"

"저승사자가 남기고 간 선물이라고."

이산을 죽이려고 했지만, 끝내는 실패하고 떠나버린 여행자 미나코.

그녀의 정착자였던 왕대비의 손에는 여전히 이산에게 겨눴던 총이 들려 있었다.

왕대비에게 알약을 먹이는 사이 나는 만약의 사태를 대비해서 재빨리 총을 챙겨 두었다.

'깜박 잊은 걸까? 아니면 일부러 놓고 간 것일까?'

답은 본인만이 알고 있겠지만, 어쩐지 후자일 것 같다는 생각이 들었다.

"뭐, 뭣들 하느냐! 어차피 임금을 죽이지 못하면 우리 모두……."

탕!

"크악!"

탕!

"으악!"

대장의 말이 끝나기도 전 난 망설임 없이 방아쇠를 당겼다.

한 발은 은근슬쩍 수향에게 접근하는 자객 놈의 다리. 또 한 발은 내 뒤를 노리려고 하는 자객의 어깨.

순식간에 두 명의 자객이 고통을 이기지 못하고 무릎을 꿇었다.

저들이 자객이 되기 위해 피나는 수련을 받았다고 해도 그 수련 중에 총격에 대한 것은 없을 것이다.

'중학교 때 배운 사격이 이렇게 도움이 될 줄은 몰랐네. 그때 사격을 알려준 코치님이 알면 기막혀 하시겠지만 말이야.'

사실 권총은 일반인이 사용하기에는 쉽지 않은 무기였다.

현역 군인이나 군대를 제대한 사람 역시 마찬가지였다.

애초에 일반 병사들이 흔히 사용하는 무기는 K 시리즈 소총이다.

권총은 간부 급, 그 중에서도 장교들이나 사용하는 무기였다.

하지만 간혹 예외적인 경우도 있기 마련이었다.

대략 8년 전, 올림픽 대회에서 대한민국 출신의 스무 살 청년이 50m 권총 사격에서 금메달을 목에 거는 쾌거를 달성했다.

그 청년의 이름은 신민호. 내가 졸업했던 한성 중학교의 졸업생이었다.

그때까지 별달리 눈에 띄는 졸업생 한 명 없던 한성 중학교에서는 당연히 난리가 났다.

교장은 당장 특별 활동 과목으로 사격을 신설했으며, 앞으로 제2의 신민호 혹은 제3의 신민호를 배출해내겠다고 언론과 인터뷰까지 했다.

당연히 학교의 학생들은 교장과 선생님들의 압력에 못 이겨 졸지에 손이 부르트도록 사격을 해야만 했다.

특별 활동으로 사격을 개설한 지 1년 만에 학교는 사격 명문이란 타이틀을 손에 쥐었다.

애초에 중학교에서 권총 사격을 가르치는 학교 자체가

한 손에 꼽을 정도였기 때문이었다.

간혹 졸업생인 신민호가 찾아와서 수업을 해주기도 했는데, 나 역시 그에게 조금이지만 교육을 받긴 했었다.

'그러고 보니 그 다음 올림픽에서는 못 봤던 것 같은데. 왜 안 나왔던 거지?'

시간이 제법 흐르기는 했지만, 그래도 정확하게 기억이 났다.

왜냐하면, 내가 고등학교로 진학을 하고 2학년이 됐을 무렵 중학교의 사격은 폐지되었기 때문이었다.

국내에 권총 사격 대회가 많지도 않았지만, 생각 외로 권총 수업이란 것은 돈이 많이 들었다.

처음에는 신민호의 이름에 힘입어 정부와 각종 단체에서 후원을 해줬지만, 그것도 올림픽의 영향이 남아 있는 기간뿐이었다.

더욱이 4년 뒤 올림픽의 사격 부문에서도 신민호는 모습을 보이지 않았고, 과거의 영광이 거짓말인 것처럼 사격 부문에서 대한민국이 참패하자 한성 중학교의 특별 활동에서 사격은 전면 폐지되었다.

아무튼 그렇게 중학교 시절 3년을 배웠던 사격이 현 시대도 아니고 무려 수백 년의 과거에서 빛을 보고 있었다.

"지금부터 조금이라도 움직이는 놈은 저 녀석들과 같은 꼴이 될 거다. 그게 싫으면, 무기를 버리고 무릎을 꿇어라."

이미 기세는 내게로 넘어 왔다.

처음에는 그저 피를 보지 않기 위한 협상이었을 뿐이다.

피를 본 이상 더는 망설일 이유도, 필요도 없다.

각오를 하지 않는다면, 내가 죽는다는 것쯤은 나도 알고 있다.

"멍청한 놈들! 어차피 이대로 잡히면, 고문을 받다가 죽을 뿐이다. 뭘 멍청하게 서 있는 것이냐? 당장 죽여라! 비참하게 당하느니 어서 임금을……."

탕!

"크억."

철푸덕.

악다구니를 쓰며 외치는 자객의 대장을 향해 난 말없이 방아쇠를 담겼다.

놈은 그대로 배를 부여잡으며 바닥으로 고꾸라졌다.

애초에 무예가 퇴보하기 시작한 것은 총이라는 병기가 등장하고 나서부터다.

수십 년 동안 무예를 수련한다고 해도 일주일 동안 총을 다루는 법을 배운 사람을 이기는 것은 불가능했다.

'이제 남은 총알은 단 두 발. 하지만 이걸로 충분하지.'

만약 자객들이 냉정하게 상황을 볼 줄 알았다면, 내 손에 들린 무기에 뭔가 제한이 있음을 알았을 것이다.

하지만 죽음을 목전에 둔 상황에서 그들의 사고는 굳어 버렸다.

죽을지도 모른다는 것과 죽는다는 것은 천지차이이기 때문이다. 설령 그게 돈을 받고 사람을 죽이는 자객이라 할지라도 마찬가지였다.

"무기를 버려라."

자객들이 서로의 얼굴을 쳐다봤다. 그들이 들고 있는 검은 사시나무 떨 듯 떨리고 있었다.

"지금 항복하는 자는 목숨만은 살려주겠다."

한마디에 불과했지만, 심지에 불을 붙이는 역할로는 충분했다.

살 수 있다는 희망이 생긴 순간, 그들이 선택할 수 있는 결정은 하나뿐이었다.

쨍그랑.

털썩.

하나 둘 자객들이 손에 들고 있는 무기를 버리고는 바닥에 무릎을 꿇었다.

이제 다리 위에 서 있는 자객은 앞서 총에 맞은 대장의 앞에 있는 두 명뿐이었다.

"그게 네놈들의 선택이냐?"

스윽.

총구의 방향이 자연스레 두 사람을 향했다.

서로가 서로를 쳐다본 그들이 이내 고개를 젓고는 한숨을 쉬었다.

그리고는 곧장 손에 들고 있던 검을 자신들의 목으로 가져갔다.

서걱.

바람을 타고 두 개의 핏줄기가 뿌려졌다.

이윽고 입 밖으로 피거품을 토해낸 두 사람의 몸이 실 끊어진 인형마냥 바닥에 쓰러졌다.

털썩.

"……."

설마 스스로 목을 베어 자결할 것이라고는 생각하지 못했다.

두 사람에게는 살려준다는 내 말은 희망으로 다가오지 않았던 것이다.

"……전하, 괜찮으십니까?"

걱정 어린 표정으로 다가온 수향이 내게 물었다.

그녀는 여전히 경계 어린 표정으로 자객들을 살피고 있었다.

난 손을 들어 그런 그녀의 머리를 쓰다듬어줬다.

"저, 전하?"

놀란 수향이 토끼처럼 눈을 뜨고 날 쳐다봤다. 그런 그녀를 보면서 난 한없이 따듯한 미소를 지어줬다.

"고맙구나. 네가 날 살렸다."

경회루의 다리 입구.

그곳에서 달려오는 다수의 내금위가 보였다.

남은 시간은 126시간.

길고 길었던 하루의 첫 번째 습격은 이렇게 끝이 났다.

❖ ❖ ❖

의금부(義禁府)의 조사 결과, 자객들은 귀문(鬼府)이란 곳의 소속임이 밝혀졌다.

다만 귀문은 본래 청나라에 터를 잡고 있는 살수집단으로 조선에 자리를 잡고 있는 곳은 지부에 불과했다.

의금부에서 나를 암살하라고 사주한 배후를 찾기 위해 살아남은 자객들을 고문했으나, 그들은 입을 모아 분타주 이외에는 그 사실을 모른다고 말했다.

분타주란 자는 자객 무리를 이끌고 왔던 그 대장이란 작자였다.

"그래, 그 분타주라는 자의 상태는 어떠한가?"

질문을 받은 어의 강명길이 고개를 조아리며 말했다.

"위중한 상황은 넘겼습니다. 현재는 피를 너무 많이 흘렸기 때문에 보혈탕(補血湯)을 처방해두었습니다. 빠르면, 오늘 내로 의식을 되찾을 것입니다."

암습에 대한 배후의 실마리를 잡기 위해서는 어찌됐든 분타주라는 자의 입을 여는 수밖에 방법이 없었다.

다행히 총상을 입은 곳이 목숨을 위태롭게 할 정도의 부위는 아니었다.

또한 어의가 성심껏 돌보고 있기 때문인지 빠르게 회복세를 보이고 있었다.

'설령 내가 있는 동안 정신을 못 차린다고 해도 뒷일은 이산이 알아서 해주겠지. 애초에 중국에 터를 두고 있는 자객들이 조선에 와서 활개를 치는 것 또한 문제니까 말이야. 문제는 왕대비인데.'

정작 현 상황에서 문제는 다른 곳에 있었다.

"왕대비께서는 여전히 의식을 찾지 못했는가?"

"송구하옵니다. 맥의 흐름은 정상이시온데, 어찌하여 의식을 찾지 못하시는 것인지는 소신도 영문을 알지 못하옵니다."

"으음."

혹시 급속 치료 알약의 부작용이 아닐까라는 생각도 들었지만, 만약 그렇다면 애초에 알약의 효과조차 제대로 나타나지 않았을 것이다.

하지만 알약의 효과는 내 두 눈으로 직접 확인했다.

그 다음으로 추측할 수 있는 것은 여행자가 깃들었다가 나간 뒤에 찾아온 부작용이었다.

'내가 떠난 직후 남은 정착자에게 어떤 충격이 오는지는 알 수 없으니까.'

물론 어떠한 상황이 벌어졌는지는 확인이 가능하다. 정산의 방에서 일정 포인트를 지급하면, 내가 떠나고 난 뒤의 상황을 들을 수 있기 때문이다.

'들어가는 포인트가 욕이 나올 만큼 비싸서 문제지. 하지만 그렇다고 해도 정착자의 감정을 알 수 있는 방법은 없어.'

여행자가 떠난 직후, 정착자가 기쁨, 공포, 두려움 등의 감정이 생겼는지 아는 것은 불가능했다.

그나마 가능성 있는 방법이라고는 지금의 왕대비처럼 여행자가 떠나고 난 뒤의 정착자의 상태를 내가 직접 살피는 것이다.

하지만 안타깝게도 왕대비 이전에 내가 만났던 여행자들은 나보다 임무 기간이 훨씬 길었다.

당연히 상태를 살필 기회가 있을 리 만무했다.

"……내의녀(內醫女)들이 상주하며 계속 경과를 살피고 있으니, 곧 차도가 있을 것이옵니다. 전하, 너무 심려치 마시옵소서."

"알겠네. 앞으로 계속 어의가 신경을 써주게나."

지금 상황에서 내가 왕대비를 위해 해줄 수 있는 것은 그저 뛰어난 실력을 가진 의원을 배정하고, 귀한 약재를 아낌없이 베푸는 것이 고작이었다.

"하온데 전하. 소신 궁금한 것이 하나 있는데 여쭤도 되겠습니까?"

"궁금한 것?"

내가 반대로 질문을 하자 어의가 품속으로 손을 집어넣더니 무엇인가를 꺼내 앞으로 내밀었다.

"그건……."

그가 품에서 꺼낸 것은 내가 쐈던 총의 탄환이었다.

"자객들의 몸을 치료하며 찾아낸 것이옵니다. 손끝의 한 마디도 안 되는 이것이 자객의 오장육부를 크게 상하게 하였사옵니다. 필시 급소에 맞았다면, 단숨에 숨이 끊어졌을 것입니다. 대호(大虎)를 잡는 사냥꾼의 화살에 맞았다 한들 그리 할 수는 없지요."

"……."

"해서 소신 군기시(軍器寺)에 들러 그곳의 부장에게 물어 답변 받기를 생긴 것은 조총의 총알과 닮았으나, 표면의 매끄러움과 크기는 그의 재주로도 만들 수 없노라고 했습니다."

군기시는 조선 시대 병기의 제조 등을 총괄하는 기관이었다.

현대로 치면, 방위 산업체라 볼 수 있었다.

어의 강명길은 어떤 답을 구하듯 나를 쳐다봤다.

하지만 그리 본다 해도 내가 해줄 수 있는 말은 한 가지뿐이었다.

"미안하지만, 무엇인지 모르겠군."

"……그렇습니까?"

"그렇다네. 아마 수향이란 아이도 그것이 무엇인지 모를 것이네."

"……."

"임금이 모르는 것을 검동이 알 리가 없지 않은가?"

어의는 바보가 아니다. 이정도 얘기 했으면, 괜히 수향을 찾아가 귀찮게 구는 일은 없을 것이다.

그에게는 몇 마디를 더 해주고 물러가라고 했다.

그와 마음 편히 대화를 나누기에는 처리하고 생각해야 할 일이 한두 가지가 아니었다.

"대적자라."

〈생존〉

조선 시대 22대 임금 정조. 아버지 사도세자가 죽은 이후 할아버지인 영조에 의해 요절한 효장세자의 양자로 입적. 그는 세손 시절부터 여러 차례 암살 위협에 시달렸습니다. 왕의 자리에 오른 지금도 정조의 목숨을 노리는 세력은 곳곳에 포진 되어 있습니다. 일주일 동안 그 세력들의 위험을 피해서 생존하세요.

[현재 남은 시간은 119시간입니다.]

*추가

[숨겨진 임무가 활성화 됐습니다.]

[대적자로부터 승리를 쟁취하세요.]

현재 남은 대적자 : 1/2

미나코가 쓰러지는 순간 들려왔던 목소리가 아직도 귓가에 선명했다.

[숨겨진 임무 '대적자' 가 활성화됐습니다.]

대적자가 무엇인지 추측하는 것은 어려운 일이 아니었다.

분명 다른 여행자, 그것도 나와는 상반되는 임무를 가지고 있는 사람을 뜻하는 것일 거다.

그리고 그가 바로 귀문 소속의 자객들을 고용해서 이산을 죽이려고 한 범인일 가능성이 높았다.

"왕대비의 경우는 마음만 먹으면 언제든 이산에게 다가올 수 있었지만, 만약 그런 신분이 아니라면 궁에 들어오는 것조차 쉽지 않았겠지. 그렇기 때문에 선택한 것이 자객이라면, 일의 앞뒤가 맞아."

그가 깃든 정착자가 귀문에 속해 있는 사람일 가능성도 있었다.

어찌됐든 이제 내가 임무를 달성할 수 있는 방법은 두 가지가 되었다.

하나는 남은 임무 시간을 무사히 버티는 것이다.

그리고 또 다른 한 가지는 임무 시간이 끝나기 전에 그 대적자라는 여행자를 찾아 내 손으로 잡는 것이다.

두 가지 모두 장단점은 존재했다. 일단 전자의 경우, 가장 큰 장점은 비교적 안전하다는 것이다.

왕대비와 같은 경우는 정말 예외상황이기는 했지만, 똥개도 자신의 앞마당에서는 반은 먹고 들어가는 법.

조력자가 많은 궁이 예상치 못한 위험에 대처하기에는 수월한 것이 당연했다.

후자의 경우는 포인트다.

이미 숨겨진 임무의 절반을 완수함으로 정산의 방에서 얻을 수 있는 포인트가 소폭 상향됐다.

만약 이번 임무와 더불어 숨겨진 임무까지 완수한다면, 대량의 포인트를 얻는 것도 충분히 가능할 것이다.

하지만 장점처럼 두 가지 선택 모두 단점이 존재했다.

전자와 후자의 단점은 각각의 장점이었다.

'보통이라면, 지금 시점에서 50%의 동기화를 달성했어야 하는데, 현재 동기화는 49%. 이상할 만큼 더디게 올라가고 있어.'

여행이 시작될 때의 5%와 동기화의 물약으로 올린 10%. 도합 15%를 제외하면, 지금까지 내가 자력으로 올린 동기화는 34%에 지나지 않았다.

이마저도 현재는 고삐라도 채워졌는지 상승이 멈춰진 상태였다.

동기화의 달성 수치 또한 정산의 방에서 지급받는 포인트에 영향을 끼쳤다.

다시 말해서 이 상태로 가다가는 아주 낮은 수치의 포인트만 획득할 가능성이 농후했다.

'이래저래 앞으로 포인트가 들어갈 일이 산더미 같을 텐데. 어떻게든 벌 수 있는 만큼 최대한 포인트를 벌어야 해.'

아직은 괜찮지만, 룰렛이 파손되고 있는 것은 현실이었다.

그 전에 다른 도구를 찾으려면, 여유분의 포인트는 꼭 필요했다.

하지만 이렇듯 포인트를 얻기 위해서는 상당한 위험 부담을 감수해야 한다.

대적자, 상대 여행자 또한 포인트를 벌어야 하는 입장은 나와 별반 다르지 않을 것이다.

게다가 그 대상이 한국인이 아니라 다른 국가의 사람이라면, 조선의 임금이 어찌되든 그로서는 중요한 것이 아닐 것이다.

후한 시대. 흔히 알고 있는 삼국지에서 관우의 손에 조조가 죽었다고 한들, 내가 별다른 감흥을 느끼지 않는 것과 마찬가지였다.

결국, 남은 여행자 역시 자신의 임무를 성공하기 위해서는 수단 방법을 가리지 않을 것이다.

"내가 정면 승부를 한다고 해서 이길 수 있을까?"

미나코라는 여행자만 봐도 그렇다. 그녀는 참으로 다양한 물건을 가지고 있었다.

미래를 보여주는 거울과 현대의 병기인 총.

분명 꺼내지 않았지만, 이보다 더한 아이템과 물건을 지녔을 수도 있다.

남은 한 명의 여행자 또한 미나코보다 더하면 더했지 덜하지는 않을 것이 분명했다.

그런 상대를 이기기 위해서는 결국 내가 가진 능력뿐만 아니라 이 나라 조선의 왕인 이산의 권력과 힘 또한 적극 활용하는 수밖에 없다.

"방어만 해서는 이길 수 없어. 그렇다면, 먼저 전력으로 공격하는 수밖에."

궁지에 몰린 쥐는 고양이라도 무는 법이다.

하지만 쥐가 문다 한들 고양이에게 얼마나 큰 피해가 있을까?

반대로 고양이를 물려는 쥐는 목숨을 걸어야 한다.

"숨어 있다고 한들 주변이 무너지면, 결국은 본인이 직접 움직일 수밖에 없겠지."

우선 의심이 가는 곳은 남은 시간 동안 모조리 친다.

그러다 보면 필시 하나 남은 대적자, 여행자의 꼬리가 보이지 않을까?

"밖에 누구 있느냐!"

드르륵.

목소리를 높이자 재빠르게 문이 열리며 대기하고 있던 상선이 들어왔다.

"예, 전하. 부르셨습니까?"

"가서 내금위장과 겸사복장, 그리고 우금위장을 들라하라. 또한 한성부의 좌포도대장과 우포도대장, 그리고 병마절도사 역시 들라하게."

"저, 전하?"

당황한 상선이 더듬거리며 반문했다.

내가 부른 이들은 하나 같이 조선의 군과 치안을 담당하는 이들의 수장이었기 때문이다.

하지만 상선은 모를 것이다.

그들을 부른 것이 시작에 불과하다는 것을 말이다.

"……먼저 공격한 곳은 그쪽이니까. 어디 제대로 한 번 판을 벌여보자고."

Chapter 65. 매화각주

딱! 딱!

매화각의 별관.

작게 축소시킨 물레방아가 흐르는 물을 타고 돌아갈 때마다 소리를 내었다.

그리고 그 사이로는 하나의 발을 두고 한 명의 여인과 사내가 마주앉아 있었다.

"귀문의 자객은 청나라에서도 최고라 들었습니다."

발의 안쪽.

사내가 자신의 앞에 놓인 술상의 잔을 만지작거리며 입을 열었다.

그러자 맞은편에 앉아 있던 여인이 잠시 움찔거리더니, 이내 입을 열었다.

"그건 사실입니다."

"그들이 말하길 돈만 맞는다면 황제 또한 죽일 수 있다고 했지요. 그럼, 이번 실패는 제가 준 돈이 부족했다는 말입니까?"

"……."

탁!

여인이 대답이 없자 사내가 손을 뻗어 눈앞의 발을 치웠다.

그러자 가려져 있던 여인의 얼굴이 들어났다.

"으음."

사내의 입에서 짧은 신음이 흘러나왔다.

한겨울 피어난 청초한 봄꽃처럼 여인의 얼굴은 화사하면서도 청순했으며, 그 사이에서 묘한 색기마저 흐르고 있었다.

두근두근.

그저 바라보고 있는 것만으로도 심장이 주인의 의지와는 상관없이 쿵쾅거리기 시작했다.

'몇 번을 봐도 이건 쉽지 않군.'

이미 알고 있는 얼굴이지만, 그래도 실제로 이리 보면 떨리는 마음은 그로서도 어쩔 수가 없었다.

그저 이런 속마음이 드러나지 않도록 애써 감출 뿐이었다.

'원한다면 취할 수 있겠지만, 한 번 취한다고 해서 만족할 수 있는 여인이 아니니까. 게다가 그리 하면, 이번 일은 성공할 수가 없다.'

아쉽기는 했으나, 그래도 지금은 해야 할 일이 있었다.

당장의 목마름을 해결하고자 열 발자국 뒤에 있는 오아시스를 포기할 순 없는 노릇이었다.

"매화각주, 답해보시오."

사내의 입이 다시 열린 순간. 여인의 정체가 드러났다.

매화각주.

여인은 바로 조선의 수도, 한성의 밤을 지배한다는 매화각의 주인이었다.

매화각을 찾는 고관대작과 거상들이 산더미 같은 황금을 들고 와서 한 번 보기를 원하지만, 그 누구도 뜻을 이룬 자가 없다는 여인.

오죽했으면, 매화각주가 추녀(醜女)이기 때문에 모습을 보이지 않는 것이라는 소문이 퍼졌을까?

그렇지 않다면, 하늘에서 내려온 선녀와 같다는 그녀의 자태를 본 사람이 한 명도 존재하지 않을 리가 없기 때문이었다.

하지만 지금 이 순간 그들이 그녀의 모습을 봤다면, 소문을 낸 자를 당장 치도곤을 놓았을 것이다.

그만큼 매화각주의 미모는 선녀보다 아름다웠으면 아름다웠지 부족함이 없었다.

"암습은 성공이었습니다."

"성공이었다? 분명, 임금은 살아 있다고 하지 않았소?"

"그렇습니다."

탁!

상을 내리치는 사내의 눈썹이 꿈틀거렸다.

"지금 나와 말장난을 하자는 것이요?"

"다시 말씀드리지만, 암습은 성공이었습니다. 본문은 의뢰자께서 말씀하신 조건을 모두 지켜 암습을 시도했습니다. 다만, 그 결과가 좋지 못했을 뿐이죠. 만약 의뢰인께서 그런 조건을 걸지 않으셨다면, 결과 또한 좋았을 겁니다."

놀라운 일이었다.

조선의 중심이라는 한성, 그 밤을 지배한다는 매화각의 주인이 스스로 귀문의 사람임을 밝히고 있었다.

"……조건을 모두 지켰다고?"

사내의 미간에 내천(川)자가 드리워졌다.

확실히 그는 몇 가지 조건을 내걸었다.

하지만 그것은 일을 성공시키기 위함이었지 실패를 위해서가 아니었다.

"그날 있었던 일. 좀 자세히 들어봅시다."

빠득.

매화각주의 설명을 전부 들은 사내의 입가가 비틀렸다.

그녀의 설명이 부족했기 때문은 아니었다.

오히려 매화각주는 그 자리에 있던 사람처럼 정확하게 당시의 상황을 사내에게 전달해줬다.

사내가 분노한 것은 그 상황 속에 있어서는 안 될 사람이 있었기 때문이다.

"그 자리에 왕대비가 있었다고?"

"그렇습니다. 그리고 당신의 조건 중에는 왕대비를 다치게 하면 안 된다는 조건이 있었죠."

"그거야!"

한순간 목소리를 높이던 사내가 상을 부여잡으며, 애써 흥분된 마음을 가라앉혔다.

'누군 좋아서 그딴 조건을 걸었겠어? 그 여자를 건드렸다가는 일을 치르기도 전에 실패할 게 분명했기 때문이다. 오히려 내가 말한 조건이 없었다면, 그 자객 놈들은 일을 벌이기도 전에 모조리 죽었을 것이다.'

하지만 이런 사실을 앞에 있는 매화각주에게 얘기해봤자, 그녀는 이해를 하지 못할 것이다.

아니, 오히려 자신이 괜한 트집을 잡는다고 생각할 것이 분명했다.

"후우. 그래서 왕대비가 임금의 곁에 있어서 제대로 된 순간에 공격을 할 수 없었고. 왕대비가 쓰러진 틈에 암습을 했지만, 임금의 손에 들린 이상한 물건 때문에 일이 실패했다는 겁니까?"

매화각주가 고개를 끄덕였다.

담담한 그녀의 얼굴과는 달리 사내의 얼굴에는 점점 금이 가고 있었다.

그 시점은 매화각주의 내용을 다시 확인하는 시점에서 극에 다다르고 있었다.

'그 정도 수준의 여자가 실패했단 말인가? 내 앞에서는 그렇게 자신만만해하더니, 빌어먹을!'

아직도 귓가에는 지워지지 않는 그녀의 목소리가 남아 있었다.

[경고하는데, 우리 임무가 같다고 해서 같은 편이라고는 생각하지 않는 게 좋아. 또 내가 먼저 일을 진행하기 전에는 나설 생각하지 않는 게 좋을 거야. 만약, 거절한다면 말하지 않아도 알지?]

여행 중에는 다수의 여행자가 같은 임무를 받는 경우가 종종 있었다.

물론 같은 임무를 받는다고 해서 여행자의 수준이 같은 것은 아니다.

그 중에서도 레벨과 아이템에 의해서 등급이 갈리고, 또 어떤 정착자의 몸에 깃들었느냐에 따라서 누가 임무의 주체가 되는지가 달랐다.

이번 여행만 해도 그랬다.

자신은 고작 한성에서 상단을 이끄는 상단주에 불과했다.

반면 같은 임무를 받은 그녀는 무려 이 조선이라는 나라를 다스리는 임금의 어머니였다.

더욱이 레벨 역시 높았기 때문에 사내는 이번 임무에서 큰 욕심을 버리기로 했다.

어차피 같은 임무였기 때문에 그녀가 임무를 성공하면, 자연스레 자신의 임무 또한 성공처리 되었다.

비록 특별한 기여를 하지 않았기 때문에 만족할 만큼의 포인트는 얻을 수 없겠지만, 어찌됐든 실패하는 것보다는 이득이었다.

'우라질! 혹시나 해서 준비를 했던 것인데, 이 또한 망할 줄이야.'

임무와 관련된 전반적인 일은 그녀에게 맡겼지만, 여행 도중 예상치 못한 변수는 늘 있어왔다.

개중에는 간혹 여행의 본질을 잊고 현재의 즐거움에 취해서 부여받은 임무를 뒷전으로 미루는 이들도 있었다.

그렇기 때문에 사내는 상단주가 몰래 챙겨둔 돈을 몽땅

털어 귀문이란 자객집단에 의뢰를 했다.

애초에 귀문이란 자객 집단을 찾는 것도 어렵지가 않았다.

그가 깃든 이 몸의 주인이 처음부터 왕을 죽일 역모를 꾀하고 있는 무리와 한패였기 때문이다.

무리에는 나라의 정승이라 불리는 자들은 물론 이름난 양반들까지 동조자가 여럿 있었기에 일은 어렵지 않게 진행이 되었다.

그래서 큰 걱정은 하지 않았다.

설령 그녀가 실패하더라도 귀문의 자객들이 임금을 죽일 것으로 믿었기 때문이다.

'이거 미치겠군.'

쉽게만 생각했던 일이 삐뚤어져도 단단히 삐뚤어지고 말았다.

"……해서 귀문은 당분간 몸을 낮추고 있으려 합니다. 이미 북쪽에서도 그리 하라고 지시가 내려왔고요."

"이제 와서 발을 빼겠다는 것이요?"

"그런 것이 아닙니다. 아무래도 시기가 시기이지 않습니까?"

사내의 눈에서 불똥이 튀었다.

처음 매화각주를 보면서 느꼈던 설렘은 사라진 지 오래였다.

매화각주가 처음과 변함없는 표정으로 말을 이었다.

"거래는 일의 실패와 상관없이 암습을 시도하는 거였습니다."

"그거야!"

사내의 입이 또 다시 달싹거렸다.

지금 이 자리에서 귀문의 자객 따위는 최악의 상황을 대비한 준비에 불과했다고 어찌 말하겠는가?

또 왕대비가 임금을 죽이기로 되어 있었다고 한들 누가 믿어준단 말인가?

"본문의 자객 하나를 키우기 위해서 들어가는 돈이 50냥입니다. 이번 일에 투입된 자객의 숫자가 총 12명이고요. 상단주께서 저희에게 지불한 금액은 300냥. 단순 계산으로도 저희는 300냥의 손해를 봤습니다."

300냥이라면, 한성에서 수십 채의 기와집을 살 수 있는 엄청난 거금이었다.

사내가 두 눈을 질끈 감았다가 떴다.

지금은 매화각주를 잡아야 할 때였다.

자신이 처음부터 다시 준비를 하기에는 무엇보다도 시간이 부족했다.

"……한 번만 더 도와주시오."

"안 된다고 말씀드렸습니다."

"내 상단을 담보로 맡기겠소."

어차피 여행이 끝나면, 천만금의 재물이든 상단이든 사내에게는 아무짝에도 쓸모없는 것이었다.

물론 일을 그런 식으로 진행했을 경우 그에 따른 대가가 찾아올 것이다.

하지만 그렇다고 해도 그 대가가 임무를 실패하는 것보다 크지는 않을 게 분명했다.

아니, 애초에 일이 성공되면 이 몸의 주인 또한 지금과는 비교할 수도 없는 거금을 손에 쥐게 될 것이니 서로의 입장을 생각하더라도 지금은 죽이 되었든 밥이 되었든 칼을 뽑아야 할 때였다.

"흐음."

가차 없이 거절하던 매화각주의 입에서 얇은 신음이 흘러 나왔다.

사내가 가진 상단은 조선 제일이라고는 할 수는 없지만, 한성에서 만큼은 다섯 손가락 안에 들어가는 상단이었다.

물질적인 가치가 아니더라도 상징적인 의미가 있었다.

또한, 제법 많은 보부상을 거느리고 있어서 조선팔도의 소문을 모으기에도 용이했다.

매화각주가 반응을 보이자 사내가 재빨리 말을 이었다.

"이 일에는 나만 관련이 되어 있는 것이 아니라는 것을 매화각주도 잘 알고 있지 않소? 홍인한, 정후겸, 김귀주, 홍상범 등 수많은 이들이 얽혀 있소이다. 그들 역시 이미 나와 한배를 탄 사이이니, 분명 나를 도와줄 것이오. 또한, 만약 일이 성공하면 북쪽에서 각주를 달리 보지 않겠소?"

사내의 입에서 조정의 고관대작 이름이 줄줄이 흘러 나왔다.

그들은 그가 이 몸에 깃들기 전 이미 임금을 죽이고자 손을 잡고 있던 인물들이었다.

그리고 본래 몸의 주인이 가지고 있는 가장 큰 패이기도 했다.

매화각주의 얼굴에도 처음으로 제대로 된 변화가 일어났다.

"상단주께서 마음이 급하시긴 했나 보군요. 상단주의 뒤를 봐주는 사람들의 이름을 그리 쉽게 입에 거론하시다니요."

"어차피 일이 이대로 끝나면 죽는 것은 내가 되지 않겠소?"

"흐음."

"만약 일이 잘못된다고 해도 그들이 거사를 도모했다는 사실을 각주께서 알게 됐으니, 차후 어떤 식으로든 쓸모가 있을 것이오."

매화각주가 눈을 흘기며 사내를 쳐다봤다.

"이런, 그러다 제게 그 사실을 알려준 상단주를 죽이고 정보만 취하면 어쩌려고 하십니까?"

"이미 나는 호랑이의 등에 올라탔소이다. 그까짓 게 두려울 것 같소?"

사내는 호기롭게 외쳤다.

어차피 죽는다 해도 자신의 몸이 아니었으니, 죽음이 두렵지 않다는 것은 사실이었다.

또한, 설령 그리된다 하더라도 그냥 당하지는 않을 것이다.

적어도 자신에게 굴욕과 창피를 줬던 이들에게 그만한 대가는 치르게 할 생각이었다.

"호호호!"

손을 입으로 가져간 매화각주가 웃음을 토했다.

그녀는 지금까지 살면서 수많은 사람을 만나봤다.

개중에는 거짓으로 죽음을 입에 올리는 사람도 있었고 진실로 말하는 이들도 있었다.

그런 그녀가 볼 때 사내는 후자의 사람이었다.

또한 후자의 사람들은 이미 목숨을 내놨기 때문에 목표를 위해서는 물불을 가리지 않았다.

당연히 일의 성공 확률도 높을 수밖에 없었다.

물론 만약 여행자라는 존재를 알았다면, 매화각주의 판단은 전혀 달라졌을 것이다.

지금 당장 수하들을 시켜서 자신을 기만한 사내를 찢어 죽였으리라.

하지만 진실을 모르는 매화각주에게 있어서 사내의 제안은 상당히 괜찮고 매력적으로 다가왔다.

"상단주께서 그리 말하니, 계속 거절하는 것은 예의가 아닌 것 같군요. 비록 본문이 이번 일로 큰 손실을 입었지만, 기실 정예라 불리는 이들은 따로 있답니다. 청의 황제의 목도 취할 수 있는 그들이라면, 이 조선 임금의 목쯤이야 어렵지 않게 가져올 수 있을 것입니다."

순간 사내는 매화각주의 얼굴에 침을 뱉고 싶다는 생각이 들었다.

입안에서는 욕지거리가 맴돌고 있었다.

분명 일전에 의뢰를 할 때에도 같은 소리를 했기 때문이었다.

흥분한 마음을 가라앉히기 위해 사내가 속으로 계속해서 호흡을 골랐다.

"……그 말 믿어도 되겠소?"

"물론입니다. 단, 이번에는 상단주께서 그 어떠한 조건도 걸으셔서는 안 됩니다. 조건은 오직 하나. 이 나라 임금의 목. 알겠습니까?"

표정 하나, 눈썹 한 번 찡그리지 않고 매화각주는 말을 이었다. 사내가 고개를 끄덕였다.

'후우. 어차피 그년이 실패한 이상 조건 따위는 필요 없다. 문제는 실패한 이유인데, 그것까지 파고들기에는 내게 남은 시간도 여유도 없다.'

이럴 줄 알았으면, 좀 더 만반의 준비를 했을 것이다.

비록 어렵기는 했겠지만, 미리 준비를 했다면 지금처럼 남의 손에만 의지해야 하는 상황은 오지 않았을 것이다.

하지만 이제 와서 땅을 치고 후회들 바뀌는 것은 없었다.

'개 같은 년! M.G에서 실컷 욕이나 퍼부어 주마.'

속으로 욕설을 퍼붓던 사내가 이내 표정을 고치고는 매화각주를 쳐다봤다.

어느덧 그의 입가에서는 대인(大人)같은 웃음이 걸려 있었다.

"하하하! 물론입니다. 다른 건 아무것도 필요 없소. 그저 임금의 목만 가져와주시오. 아니, 죽이기만 하면 되오! 그리고 누차 당부하지만, 이번에는 절대 실패해서는 안 됩니다."

"걱정 마세요. 그럴 일은 생기지 않을 테니까. 자, 그럼 일 얘기는 이쯤에서 끝내고. 이왕 여기까지 오셨으니, 술이라도 한 잔 하고 가시지요. 저 또한 상단주께 미안한 마음이 없는 것은 아니니 오늘 이 매화각에서 최고라 불리는 아이들을 불러드리겠습니다."

"매화각에서 최고는 각주……의 호의에 감사할 뿐이오."

전신을 꿰뚫는 찌릿거리는 눈빛에 사내가 급히 말을 바꿨다.

'젠장, 매화각주 또한 귀문의 자객 출신이라는 말이 있더니. 거짓이 아닌 모양이군.'

사내는 조금 전까지 그녀를 취하고자 하면 취할 수 있으리라 생각했다.

만약 임무를 실패할 것 같으면, 억눌러 참아왔던 욕정이라도 풀어야겠다는 생각도 잠시 했었다.

하지만 지금 보니, 아무런 준비도 하지 않고 이 쓰레기 같은 몸뚱이로 달려들었다가는 단숨에 목이 달아날 것 같았다.

'이왕이면, 이런 쓰레기 같은 몸이 아니라 좀 쓸 만한 몸이었으면 얼마나 좋아? 특성도 쓰레기 같은 게 정말 최악이구나.'

이래저래 사내가 속으로 짜증을 풀 무렵이었다.

드르륵.

갑작스레 방안의 문이 열리며 여인이 뛰어 들어왔다.

문이 열리는 소리에 얼굴을 찌푸렸던 매화각주가 이내 여인의 얼굴을 확인하고는 놀란 표정을 지었다.

"청아? 네가 여긴 어쩐 일이더냐?"

방안으로 들어온 이름은 매화각에서 제일가는 인기를 자랑하는 청아라는 이름의 기녀였다.

하지만 사실 그녀는 매화각주와 마찬가지로 청나라에서 조선으로 넘어온 귀문 소속의 살수였다.

"각주님."

매화각주를 부르던 청아의 시선이 사내에게로 꽂혔다.

그러자 매화각주가 괜찮다는 듯 고개를 끄덕였다.

"괜찮다. 조금 전 커다란 배를 같이 타기로 한 사이니까. 그래, 혹 무슨 일이 생겼느냐?"

청아가 심각한 표정으로 고개를 끄덕였다.

"궁에서 사람이 나왔습니다."

"궁에서?"

"네, 문제는 그들 중에 내금위와 우금위, 겸사복 또한 포함되어 있다는 겁니다."

"임금을 호위하는 그들이 어째서? 혹 임금이 암행이라도 나온 것이냐?"

간혹 백성들의 생활을 살피기 위해서 변복(變服)을 하고 궁 밖으로 나서는 왕들이 있기는 했다.

물론 이때에도 앞서 말한 호위들은 변복을 하고 임금의 곁을 지켰다.

청아가 고개를 가로저으며 말을 이었다.

"그것이 아닙니다. 이미 한성의 좌포도청과 우포도청이 움직였고, 궁에 저희가 숨겨 놓은 세작의 말에 따르면, 임금이 병마절도사를 따로 불렀다고 합니다. 이것들이 의미하는 것이 무엇이겠습니까?"

얘기가 끝나자 매화각주의 얼굴이 굳어졌다.

내금위, 겸사복, 우금위, 좌포도청, 우포도청, 병마절도사가 움직였다.

이는 결코 가볍게 넘길 사안이 아니었다.

"혹 그날의 일로 인해 우리를 잡기 위해서 움직인 것인가? 그렇다면 이곳도 위험할 수 있겠구나."

지금 시점에서 그들이 전부 움직일 만한 사건은 하나뿐이었다.

매화각주가 자신의 입으로 손톱을 가져가서 물어뜯었다.

고민이 생기면 나오는 버릇이었다.

"그들이 고문을 견디지 못해 귀문 소속임을 말했을 수는 있으나, 31호를 제외하고는 이곳이 귀문의 지부임을 아는 자는 없습니다. 31호 또한 이곳에 대해 발설했을 경우 어떤 보복을 당할지 아는데 섣불리 입을 놀리지는 않을 것입니다."

하지만 정작 대답을 하는 청아의 목소리에도 확신은 없었다.

아무리 훈련을 받은 자객이라고 해도 그 역시 사람.

애초에 사람이란, 당장 눈앞에 닥친 죽음이 더 두렵고 무서운 법이었다.

"청아야, 아무래도 느낌이 좋지 않다. 당분간 아랫것들에게 모든 접점을 끊고 몸을 숨기고 있으라 이르거라. 매화각 역시 한동안은 영업을 중지해야겠구나."

매화각이 매일 같이 거둬들이는 수입을 생각하면, 영업 중지는 막대한 손해라고 할 수 있었다.

하지만 애초에 귀문이 한성에 매화각을 세운 것은 조선 팔도의 소문을 위해서였지, 금전 때문은 아니었다.

"알겠습니다."

청아가 고개를 막 숙이고 물러나려던 순간이었다. 사내가 자리에서 벌떡 일어서며 소리쳤다.

"각주! 지금 그게 무슨 소리요? 이미 일을 진행하기로 약조를 하지 않았습니까? 설마 이대로 일을 접는다는 것은 아니겠지요?"

매화각주가 무표정한 얼굴로 사내의 말을 받았다.

"상단주, 아직 대금을 지불한 것은 아니지 않습니까? 아무것도 받지 않았는데 구두로 한 약속 따위야 당연히 무를 수도 있는 법이지요."

"하…… 하하!"

사내가 어이없다는 얼굴로 웃었다.

그 모습을 보며, 매화각주가 얼굴을 풀고 사람 좋은 미소를 지었다.

"오늘만 날이 아닙니다. 거래를 하지 않겠다는 것이 아니라 지금은 시기가 좋지 않으니, 잠시 몸을 숨겼다가 시일을 정해 다시 거사를 진행하면 되지 않겠습니까?"

"그 날이 언제란 말이오?"

"그야 내일이 될 수도 있고 내년이 될 수도 있겠지요. 일단은 주변이 좀 잠잠해져야 일의 성공 확률도 높아지지 않겠습니까?"

사내의 눈에서 불똥이 튀었다.

누가 그걸 몰라서 이러겠는가? 시간이 넉넉하다면, 일 년이고 십 년이고 주변이 잠잠해지기를 기다릴 수 있다.

하지만 사내에게 남은 시간은 고작 며칠뿐이었다.

그 때문에 지금까지의 수모도 꾹꾹 눌러 참아왔다.

하지만 일이 이렇게 된다면, 사내가 참을 이유는 이제 없었다.

"마지막으로 묻겠소. 당장 일을 진행할 생각은 없소?"

"다음 연통은 제가 직접 드리겠습니다."

매화각주는 자신의 뜻을 분명히 했다.

사내를 부여잡고 있던 이성의 끈이 끊어지는 것도 바로 그 순간이었다.

뿌드득.

"시팔 년! 개 같은 년! 갈보 같은 년! 죽일 년!"

"……."

사람 좋던 매화각주의 얼굴이 순식간에 굳어졌다.

"지금 뭐라 하셨습니까?"

"두 번 말하지 않겠다. 당장 네년의 그 빌어먹을 자객들을 모두 동원해서 임금을 죽여라. 그렇지 않으면, 네년들은 내 손에 죽을 것이다."

파앗!

말이 끝나기 무섭게 사내는 자신의 볼에서 따끔거리는 통증을 느꼈다.

손을 뺨으로 가져가니 핏물이 묻어났다.

그 뒤로는 어느새 날아와 벽면에 박혀 있는 비녀가 보였다.

그 힘이 얼마나 강했는지, 비녀는 벽을 반쯤 뚫고 들어간 상태였다.

매화각주가 싸늘한 눈빛으로 마치 벌레마냥 사내를 쳐다봤다.

"……그래도 제법 생각이 있는 자라고 생각했거늘. 고작 이 정도라니. 그간의 거래를 봐서 이번 한 번은 그 천한 목숨을 살려주겠다. 나 또한 두 번 말하지 않을 테니, 그만 돌아가라. 그리고 명심해라. 네놈이 그 입을 잘못 놀리는 순간, 귀문의 자객들이 상상도 못할 방법으로 네놈을 고문하고 몸통 위의 그 더러운 것을 친히 분리시켜줄 것이다."

매화각주의 축객령.

그리고 손에 묻어 있는 진득한 피. 잠시 얼이 빠져 있던 사내의 입술을 비집고 웃음이 흘러 나왔다.

"크…… 크하하!"

매화각주의 옆에 있던 청아가 몹시 혐오스러운 것을 본 것 마냥 눈살을 찌푸렸다.

"……각주, 저 자가 그 사이 미치기라도 했나 봅니다. 저희가 귀문의 사람인 줄 알면서도 감히 이런 추태를 보이다니요."

"쯧쯧. 사람을 불러 내쫓으려무나."

하지만 두 사람의 대화에도 사내의 웃음은 멈추지 않았다.

아니, 어느새 그의 손에는 손바닥만 한 종이 뭉치가 들려 있었다.

"분명 내가 두 번 말하지 않는다고 했다."

찌익!

지옥에서 올라온 악귀의 표정이 이러할까? 매화각주와 청아를 노려보던 사내가 말을 끝냄과 동시에 손에 들린 종이 뭉치를 찢어 던졌다.

그리고 잠시 후.

매화각의 가장 후미진 별관에서는 여인의 것으로 추정되는 비명 소리가 울려 퍼졌다.

[궁에 자객이 들어 임금을 죽이려고 했다!]

고작 반나절 만에 한성에는 이와 같은 소문이 떠돌았다.

백성들은 처음에는 반신반의했지만, 말단 포졸에서부터 포도대장에 이르기까지 흉흉한 분위기가 감돌자 이내 떠도는 소문이 사실임을 알았다.

칼바람이 부는 겨울처럼 백성들은 옷을 단단히 여미고 입을 꽉 다물었다.

주막에 모여 떠들기를 좋아하는 보부상 또한 마찬가지였다.

서넛이 모여 밥을 먹던 그들은 주모에게 홀로 밥을 먹겠으니, 따로 상을 차려달라고 부탁했다.

21세기로 치면, 혼밥을 자처한 것이다.

백성들은 본능적으로 알고 있었다.

지금과 같은 시기에 입을 한 번 잘못 놀리면, 포도청으로 끌려가서 변명할 여지도 없이 목이 달아난다는 것을 말이다.

그리고 백성들의 이런 선택은 더할 나위 없이 현명했고 훌륭했다.

[신분고하를 막론하고 모조리 잡아 들여라!]

하룻밤 사이에 한성은 난리가 났다.

나름 고관대작과 연을 맺고 있던 암상부터 시작해서 삼삼오오 무리를 이룬 왈짜패들이 모조리 포졸들에게 잡혀 포도청으로 끌려갔다.

평민은 물론이고 서자 출신과 양반들도 예외는 아니었다.

국법을 어긴 이들은 모두 오라를 받아야 했다.

개중에는 그 세력이 수백에 이른 거대한 무리도 있어 포졸의 오라를 받는 것을 거부하고, 무력으로 반항을 하는 이들도 있었다.

그런 무리는 병마절도사가 군을 이끌고 나서 모조리 추포했다.

반항하는 자들은 팔과 다리, 목을 자르니 무기를 버렸고 뒤늦게 군의 위용을 본 자들은 싸울 의지를 버렸다.

애초에 주먹구구식으로 싸움을 하던 이들이 정규훈련을 받은 군대를 상대를 한다는 것 자체가 무리였다.

더욱이 임금을 암살하려던 무리를 추포한다는 명분 또한 있었다.

그럼 내금위, 겸사복, 우금위들은 무엇을 했을까?

이들은 각 무리의 머리가 되는 수장들을 잡기 위해 투입되었다.

무릇 작은 단체라고 해도 그 머리가 되는 이들은 최악 혹은 훗날을 대비해서 자신이 살 길 하나쯤은 마련해두기 마련이었다.

청으로 배를 타고 밀항을 하려던 자.

고관대작의 집에 숨어 하인으로 위장하고 있던 자.

찢어진 옷을 입고 얼굴에 숯을 묻혀 거지로 위장을 한 자.

곱상한 외모로 여인의 옷을 입고 스스로 여인이라고 주장했던 자.

살기 위해 그리고 죄를 감추기 위해 숨어 있던 이들은 모두 포도청과 의금부로 끌려 들어갔다.

고작 하루. 이 모든 것이 하루 만에 벌어진 일이었다.

❖ ❖ ❖

강녕전.

상선 인우가 조심스레 들어오더니, 내 눈치를 살피다가 입을 열었다.

"전하, 대소신료들이 모두 뵙기를 청하고 있나이다."

"몸이 좋지 않아 당분간은 보지 않겠다고 전하게."

"하오나 전하……."

상선 인우가 말꼬리를 흐렸다.

그 모습에 나는 내 앞에 산더미처럼 쌓인 상소문을 향해 눈길을 줬다.

"혹 이것 때문에 그런가?"

상소문에 적힌 내용은 글귀만 길었지 요약하자면 간단했다.

죄를 지은 자들이 벌을 받는 것은 마땅하나, 시간을 두고 죄질을 면밀히 검토한 후에 벌을 줘야 한다는 것이다.

물론 틀린 말은 아니었다.

하지만 그리했다가는 정작 머리는 모두 꽁꽁 숨어버리고 고작 쓸모없는 꼬리나 수두룩하게 잡게 될 것이다.

'내가 고작 꼬리나 잡자고 이런 일을 저지른 게 아니거든.'

칼을 뽑지 않았다면 모를까, 뽑은 이상 적어도 한성에서는 귀문이란 단체의 씨를 말려버릴 생각이었다.

만약 그리하지 않는다면, 그들은 언젠가 또 같은 일을 저지를 것이다.

본래 처음 죄를 짓기가 어려운 법이지 그 뒤로는 갈수록 죄책감도 들지 않는 법이다.

"가서 전하게. 이 나라 조선의 임금이 자객에게 습격을 당한 일이네. 역모란 말이지! 한데 그 배후를 추포하고자 하는 일에 신하들이 이러쿵저러쿵 말들이 많으니, 전하께서 혹 그들 중에 이번 일과 관련이 있는 자가 있는 건 아닐까라는 의심을 하고 계신다고 말이야."

"……."

"그러면서 이런 말도 했다고 하게. 만약 신하들 중 누군가가 그 귀문이란 곳에 대해 자세히 알아 온다면, 그 충성심을 높이 사서 앞으로 이 조선의 기둥으로 삼을지도 모른다고 말이야. 알아들었나?"

"……."

말을 끝내고는 다시 상선 인우를 쳐다봤다. 그가 신기하다는 표정으로 나를 바라보고 있었다.

"왜 그렇게 보는가?"

"……송구하옵니다. 잠시 전하의 세손 시절 모습이 떠올라서 그랬습니다."

"세손 시절?"

"예, 전하. 그때도 전하께서는 겁이 많은 자들과 탐욕스러운 자들을 서로 싸우게 만들어 호랑이 굴에 제 발로 들어오게 하셨지요."

자연스레 입꼬리가 올라갔다. 아무래도 상선은 내 뜻을 제대로 파악한 것 같았다.

"하하! 겁이 많은 자들과 탐욕스러운 자들이라."

상선 역시 내가 기분 좋게 웃음을 터트리자 입가에 미소를 지었다.

"소신, 그럼 이만 물러가서 대소신료들에게 전하의 뜻을 전하겠나이다."

"그렇게 하게."

뒷걸음질로 상선이 물러날 때였다.

머릿속에 스쳐지나가는 생각에 급히 입을 열었다.

"아! 상선, 내 묻고 싶은 게 있네."

멈칫.

"예, 전하. 하명하시옵소서."

걸음을 멈춘 상선 인우가 다시 금 고개를 숙였다.

"일전에 자네가 내탕고에서 삼신도라는 비도를 가지고 왔었지?"

"그렇사옵니다."

"그곳에 그런 물건이 많이 있는가?"

"예?"

당황하는 표정의 상선을 보며 내가 씩 미소를 지었다.

"괜찮다면, 내 지금 그것을 꺼내 온 내탕고에 가보고 싶네."

내탕고의 위치는 근정전의 뒤쪽.

평상시 임금이 업무를 보던 편전 인근에 있는 사정전에 위치해 있었다.

사정전으로 출입하는 사정문에는 좌우로 행각들이 길게 늘어서 있었는데, 이것들이 바로 금과 은 혹은 베 등의 물품을 보관하는 창고인 내탕고였다.

"흐음. 그렇게 엄청 많지는 않군."

내탕고, 행각에 들어서자 가지런히 쌓여 있는 재물이 시야에 들어왔다.

하지만 그 양이 한 나라의 임금이 가진 재물이라고 하기에는 미흡한 면이 있었다.

산더미는 아니더라도 적어도 동산 정도는 이루고 있을 것이라고 생각했었다.

"송구하옵니다. 몇 년 전 흉년이 들었을 때 영조대왕께서 내탕고의 재물을 크게 털어 백성들을 구휼하셨습니다. 그 뒤로 아직 신이 불민하여 왕실의 재산을 크게 늘리지 못하였나이다.”

상선 인우가 이리 말하는 것은 그가 내수사(內需司)에 속해 있기 때문이었다.

내수사는 내탕고를 책임지는 단체로, 조선시대 왕들의 사유재산을 관리하던 단체였다.

물론 말이 좋아 관리였다.

정작 재물을 쓰는 것은 임금과 왕실의 사람이고 이를 다시 채워놓거나 불리는 것이 내수사의 일이었다.

“그런 뜻으로 말한 것이 아니었네. 그보다 이곳에는 별다른 것이 없어 보이는데.”

주변을 둘러봐도 있는 것이라고는 금과 은 등이 다였다.

삼신도와 같은 병장기는 보이지 않았다.

“잠시, 실례하겠습니다.”

주변을 두리번거리던 상선이 남쪽 벽면 선반에 놓여 있던 베들을 치웠다.

그리고는 선반을 양손으로 잡고 흔들어 뽑아내었다.

“흠.”

전혀 예상치 못한 행동에 난 뒤에서 팔짱을 끼고 그 모습을 지켜봤다.

상선은 뽑아낸 선반을 한쪽에 두더니, 이내 선반이 뽑혀 나온 곳에 있는 작은 홈을 만지기 시작했다.

끼릭.

"……?"

귓가에 톱니바퀴가 맞물려 돌아가는 소리가 들렸다.

드르륵!

이내 멀쩡하던 벽이 땅 아래로 쑥 꺼지더니, 성인 남성 한 명이 들어갈 수 있을 것 같은 통로가 나타났다.

"이게 대체……."

놀라는 나를 뒤로하고 앞장서서 통로로 한 걸음 디딘 상선 인우가 말했다.

"전하, 지금부터 내탕고(內帑庫)의 서(西), 백호(白虎)로 안내하겠습니다."

저벅저벅.

통로의 길은 비좁았지만, 걷지 못할 정도는 아니었다.

벽면을 만져보니, 반질반질한 암석의 감촉이 자연적으로 생긴 것이 아닌 사람의 손을 타서 만들어진 것 같았다.

다만 천장에는 구멍 하나 없어 빛 한 점 들어오지 않았다.

의지할 수 있는 것이라고는 앞장서 걷는 상선 인우의 손에 들린 횃불뿐이었다.

"오래전 이 조선을 세우신 태조(太祖)대왕께서는 은밀히 사람을 시켜 이와 같은 장소를 만드셨다고 합니다."

"태조 대왕께서?"

걸음을 옮기던 상선 인우의 첫 마디는 이 동굴의 정체에 관한 것이었다.

그런데 정작 생각지도 못한 이름이 흘러 나왔다.

'태조라면, 그 이성계잖아?'

조선을 세운 임금.

태종 이방원의 아버지.

무시무시한 무력을 갖춘 활쏘기의 달인.

불세출의 명장.

이 다양한 수식어를 한 몸에 지니고 있는 인물이 바로 이성계였다.

"예, 태조 대왕께서는 왕실의 재물이 부족하면, 결국 백성과 신하들의 것을 탐하게 되고 그리되면 위엄이 떨어져 제대로 된 정치를 할 수 없다하셨습니다."

맞는 말이었다.

자기 것이 부족하면, 결국 남의 것을 탐내는 게 바로 인간이었다.

"그래서 내탕고 이외에도 재물을 보관할 수 있는 창고를 따로 만드신 것인가? 본인께서 가지고 있던 재물을 나눠서?"

앞서 걷던 상선이 고개를 끄덕였다.

"예, 소신이 전해 듣기로는 고려 왕조와 그들의 후손이 훗날을 도모하기 위해 숨겨 두었던 재물이라 들었습니다."

"고려 왕조라……."

역사에 기록된 고려 후기의 상황을 떠올리며, 고개를 끄덕였다.

'설마 이성계가 그런 짓을 저지를 거라고 생각도 못했겠지. 아니, 생각했다고 해도 사실 그들로는 이성계를 막을 수 있는 방책도 없었고 말이야.'

적어도 그들 입장에서는 요동을 정벌하러 출정한 이성계가 반란을 일으킬 것이라고는 생각하지 못했을 것이다.

그렇다면 왕실의 재산을 미처 옮기지도 못했을 터.

그것들은 조선을 세운 이성계의 손에 고스란히 들어갔을 것이다.

또한, 조선이 세워지고도 고려 왕조의 후손은 고려를 재건하겠다는 일념으로 다양한 활동을 해왔다.

이성계가 그들을 토벌하면서 얻은 재물 역시 적지 않을 것이다.

"아까 들으니, 이곳이 서의 백호라고 했는데. 그럼 다른 곳도 있는가?"

굳이 하나의 창고를 둘 것이라면, 위와 같이 사방신의 이름을 따서 지을 필요가 없기에 묻는 질문이었다.

"예, 전하. 서(西)의 백호(白虎)이외에도 동(東)의 청룡(青龍), 남(南)의 주작(朱雀), 북(北)의 현무(玄武)가 있었다고 합니다."

"있었다고 한다?"

상선 인우의 대답은 과거형이었다.

"세월이 흐르고 다수의 전란을 겪으면서 위치를 알고 있는 내관들이 후대에게 그 사실을 알리지 못하고 죽는 바람에 찾을 수 있는 방법이 소실되었습니다."

"으음."

"해서 현재 오로지 남은 것은 서(西)의 백호(白虎)뿐이옵니다."

상선 인우의 설명에 고개를 끄덕였다.

이미 조선은 큰 전란이라 할 수 있는 임진왜란, 정유재란, 병자호란, 정묘호란 등을 겪었다.

특히 임진왜란 당시에는 조선의 심장, 임금의 집이라고 할 수 있는 궁궐마저 털렸다.

네 개의 창고 중에서 하나의 창고라도 온전히 전해져 오는 게 다행이라고 볼 수 있었다.

"이제 거의 다 왔습니다."

상선의 뒷모습을 보며 얼마를 걸었을까?

좁았던 통로가 점차 넓어지기 시작하더니, 꽤 넓은 공동이 나타났다.

공동의 벽면에는 기름 먹은 심지가 꽂힌 나무토막 등이 있었다.

상선이 손에 들고 있던 횃불로 심지에 불을 붙이자 어두컴컴했던 공동이 순식간에 붉은 빛으로 가득 찼다.

화아악!

"호오!"

은은한 붉은 빛으로 가득 찬 공동.

그 속을 바라본 내 입가에서 절로 호기심 어린 탄성이 흘러 나왔다.

공동의 벽에는 엄청난 숫자는 아니었지만, 다양한 종류의 병장기가 걸려 있었다.

검, 활, 도끼, 창, 봉 등등 익숙한 병기는 기본.

철퇴와 곤봉, 편, 채찍 등 상대적으로 비주류에 속하는 병기도 보였다.

그밖에도 한쪽 벽면에 달려 있는 선반들 위에 작은 함이 즐비해 있었다.

함을 열어보니 단도와 같은 무기들이 보관되어 있었다.

'신기하네. 분명 이곳에 보관된 지 꽤 오랜 시간이 지났을 텐데, 날이 이렇게 예리하다니.'

무구들은 당장 전장에 들고나가도 손색이 없을 정도로 관리가 잘 되어 있는 상태였다.

"이 많은 것을 전부 태조 대왕께서 모았다고?"

상선 인우가 고개를 끄덕였다.

"앞서 말씀드렸듯 대다수는 고려 왕실에서 보관 중이던 물건이었으나, 일부는 태조 대왕께서 전장을 돌아다니시며 모으신 물건이옵니다. 또 이 땅에 조선을 세우시며, 진상

받은 물건들도 있는 것으로 알고 있었습니다."

"흐음."

최영과 함께 더불어 고려의 수호신으로 통했던 명장 이성계.

그는 30여 년의 세월 동안 전장을 떠돌았지만, 단 한 번의 패배도 겪지 않은 대단한 장수였다.

그 상대가 병장기조차 제대로 갖추지 못한 농민군이 아닌 몽골, 왜구, 홍건적, 여진족 등 체계가 잡혀 있는 군대였음을 생각해 볼 때 한 시대를 풍미했던 무장들 중에서도 손에 꼽을 만한 업적이었다.

"상선, 혹시 이곳에 있는 물건들의 내력(來歷)도 알고 있나?"

공동에 있는 병장기들을 쭉 살피다가 문득 궁금증이 떠올랐다.

"과거에는 그와 관련된 비첩이 전해졌다고 하지만, 임진년(壬辰年)에 소실되었다고 합니다."

"임진년인가? 하긴 그럴 만도 하지."

7년 동안 전락을 겪었던 임진왜란 당시 수많은 조선의 문화재들이 불타고 사라졌다.

그리고 그것은 주인이 집을 비운 궁궐 또한 예외는 아니었다.

'후우. 선조 당신이란 사람은 대체…….'

고개를 흔들고는 이내 시선을 다시 병장기에 두었다.

"그런데 태조 대왕 시절부터 존재했던 것치고는 생각보다 병장기의 숫자가 많군. 선대왕들께서는 이런 것에 별다른 관심이 없었나?"

"찾지 않으면 말하지도 말라 하셨습니다."

"응? 그게 무슨 소린가?"

그저 혼잣말처럼 중얼거렸던 소리에 상선 인우가 대답했다.

병장기를 살피는 것을 멈추고 고개를 뒤로 돌렸다.

그러자 상선 인우가 뜻 모를 미소를 지었다.

"태조 대왕께서 당시 말씀을 남기시길 스스로 묻는 자가 있거늘 답을 해주되 먼저 나서서 이곳에 대해 말할 필요는 없다고 하셨습니다. 이 때문에 선대의 왕들 중에는 이런 곳이 존재하고 있음을 알지 못하셨던 분들도 계십니다."

"그러니까 묻지 않으면, 굳이 이런 곳이 있음을 말해줄 의무는 없다?"

"그러하옵니다, 전하."

앞서 다른 왕들이 살아생전 들었다면, 화가 났을 법한 말이었다.

하지만 애초에 왕이 아닌 내게는 별다른 감흥이 들지 않았다.

단지 이런 장소 자체가 신기할 뿐이었다.

"그럼, 혹시 나 이전에 이곳에 들어왔던 사람이 누구인지 알고 있는가?"

"확실치는 않으나 전해지기로는 효종대왕으로 알고 있사옵니다."

효종이라는 단어를 듣는 순간 내 머릿속에 재빨리 태종태세 문단세가 떠올랐다.

'……연중인명선 광인효. 17대 왕이니까, 이산보다 약 5대가 앞서는 거네?'

생각했던 것보다 시간이 길었다.

조선 왕들의 수명이 대체적으로 짧았다고는 하지만, 앞서 영조의 재위 기간이 무지막지하게 길었기 때문에 적어도 100년 이상은 차이가 난다는 소리였다.

"그 긴 시간 동안 아무도 찾지 않았단 말이지."

과연 앞 세대의 왕들은 이곳에 대해 정체를 몰랐기 때문에 찾지 않았던 것일까?

아니면 알고도 찾지 않았던 것일까?

후자의 경우도 가능성은 충분히 있다.

유교사상에 초점을 둔 조선시대는 무(武)보다는 문(文)에 더 집중을 했다.

임금 역시 무예를 수련하기보다는 학문을 갈고 닦는 데 대다수의 시간을 보냈다.

역사를 살펴보더라도 조선시대 수십 명의 임금 중에서 무예가 뛰어났던 이들은 한 손에 꼽혔다.

초대 왕인 태조 이성계와 왕자의 난을 겪고 왕위에 오른 태종 이방원.

임진년 선조를 대신해서 군을 이끌고 왜구와 싸운 광해군과 숱한 암살시도로 스스로를 지켜야 했던 정조. 이밖에 서넛 정도가 더 있을까?

그렇다면, 문(文)을 추구하는 그들에게 있어 이런 장소는 큰 매력으로 다가오지 않았을 것이다.

'쩝. 포켓에 담을 수만 있다면, 몇 개는 담아가고 싶은데.'

욕심이 들기는 했지만, 가장 작은 크기의 단도만 하더라도 포켓보다 손가락 두 마디 정도가 더 길었다.

물론 포켓의 여유 공간이 있어도 문제는 또 한 가지가 남아 있었다.

정산의 방에서 구매한 물건이 아닌 물건을 타임 포켓에 담기 위해서는 일정량의 포인트를 지불해야 했다.

그에 비해 내가 현재 가진 포인트는 0이었다.

아쉬운 마음에 손바닥으로 공동의 벽을 만지며 몇 걸음을 내 디딜 때였다.

멈칫.

불현듯 머릿속에 한 가지 의문이 떠올랐다.

'잠깐, 그러고 보니 이런 곳이 있다는 소릴 들어본 적이 없는데?'

처음 룰렛의 능력을 알고 나서 한동안 도서관에서 닥치는 대로 책을 읽었다.

개중 가장 큰 비중을 차지했던 것은 당연 인물과 역사에 관한 책이었다.

덕분에 내 머릿속에는 꽤 방대한 양의 지식이 쌓여 있는 상태였다.

그런데 그런 내 지식 속에는 이 장소와 같은 얘기, 아니 비슷한 것도 들어 있지 않았다.

포인트를 통해 높아진 지식 때문에, 스치듯 보기만 했다면 분명 어렴풋하게라도 기억이 났을 것이다.

그런데도 아예 기억이 없다는 것을 보면, 한 줄의 글귀도 읽지 못했다는 소리였다.

'영화나 소설에서 비밀 통로 같은 소재를 사용하기는 했지만, 그건 어디까지나 극중 재미를 위해서였지. 실제로 경복궁에 그런 곳이 있다는 소릴 들은 적이 없어. 그렇다면…….'

예상되는 가능성은 두 가지였다.

"소실되었거나 발견을 못한 것이겠지."

앞서 다른 3곳처럼 전란 도중 소실됐을 수도 있다. 이후 일제강점기와 6.25를 겪었기 때문이다.

하지만 지금 이 순간 내 촉은 후자일 가능성이 높다고 말하고 있었다.

스윽.

고개를 돌려 공동의 무구들을 다시 한 번 쳐다봤다.

지금은 그저 뛰어난 장인이 만든 무구일 뿐이다.

하지만 수백 년 후에는 하나하나가 천문학적인 가격을 자랑할 보물들이었다.

'게다가 운이 좋으면, 이곳을 현재와 과거를 이어주는 창고로 사용할 수도 있지.'

비록 단 한 번뿐이겠지만, 황금그룹 송지철의 재산을 미래로 옮겼던 것처럼 이곳을 통해 내가 원하는 것을 가져가는 것도 가능할 것이다.

"전하, 무슨 생각을 그리하시옵니까?"

가만히 서 있는 내가 이상해보였던지 상선 인우가 걱정어린 표정으로 물어왔다.

"응? 아무것도 아니네. 그보다 오늘은 대충 둘러본 것 같으니, 이만 돌아가도록 하지."

아직은 여행이 끝나기까지 시간이 조금 남은 상태였다.

그 시간 동안 이곳을 어떻게 사용할지 좀 더 고민을 할 필요가 있었다.

막 공동의 벽을 매만지던 손을 때고 몸을 돌리려던 찰나였다.

"이게 왜……."

벽의 틈에 옷소매가 걸렸는지, 빠지지 않아 힘을 주어 잡아당기는 순간이었다.

찌이익!

옷소매가 찢어지는 소리와 함께 생각지도 못한 마찰음이 귓가에 들어왔다.

끼익-

"응?"

바로 그 순간.

공동 안에서 전혀 생각지 못한 또 하나의 공간이 나타났다.

Chapter 67. 소녀의 꿈

"……검이잖아?"

작은 공간에 들어 있는 것은 검집에 담긴 한 자루의 검이었다.

길이는 대략 100cm.

칼 단면은 마름모꼴이며, 검 자루에는 황금 빛 용의 머리가 장식되어 있었다.

우웅.

슬며시 손을 내밀어 검 자루를 잡았다.

서늘한 느낌도 잠시였다. 환청처럼 검의 울림이 손아귀를 타고 전해져 왔다.

그건 지금까지 내가 살아오면서 처음 느끼는 이색적인 경험이었다.

마치 검이 스스로 내게 만나서 반갑다고 인사를 하는 기분이 들었다.

"그, 그것은!"

공간에서 검을 꺼내들자 뒤늦게 뒤에서 그 모양새를 확인한 상선 인우가 크게 놀란 표정을 지었다.

"이게 무엇인지 아는가?"

잠시 망설이던 상선이 고개를 끄덕였다.

"예. 확실치는 않사옵니다만 소신의 짐작에 따르면, 그 검의 이름은 사진참사검(四辰斬邪劍)일 것이옵니다."

"사진참사검?"

대답을 듣고는 고개를 갸웃거렸다.

사인검 혹은 사인참사검(四寅斬邪劍)이란, 명칭은 책과 박물관에서 본 기억이 있다.

사인검이란 천시를 따져 인, 즉 호랑이의 기운을 받아 만든 검이다.

장인이 최소 반년 이상 삿된 것을 멀리하며 몸을 정갈히 한 다음 인년, 인월, 인일, 인시에 만들어 낸 검.

전설에 따르면, 삿된 기운을 단숨에 멸할 수 있는 힘이 깃들어 있다고 했다.

'장인 한 사람이 평생 한 자루밖에 만들지 않는 검이라

고도 하지.'

기록에 따르면, 사인검을 만들어 낼 때 같은 날 칼을 두어 자루 더 만든다고 했다.

하지만 그것은 인시에 만들어지지 않았기 때문에 삼인검(三寅劍)이라는 명칭으로 불렸다.

이렇게 만들어진 검은 왕이 직접 왕실 종친이나 충성스런 신하에게만 하사하는 보물로, 검을 받은 이들은 사인검을 가문의 가보로 삼았다.

그 덕분인지 사인참사검은 후대에도 여러 점이 전해져 현대의 박물관에서 쉽게 볼 수 있는 유물이 되었다.

하지만 그 어느 박물관에서도 사진참사검(四寅斬邪劍)이라는 유물은 본 적이 없었다.

상선 인우가 내 손에 들려 있는 검을 뚫어져라 쳐다보더니, 입을 열었다.

"사진참사검은 용의 해, 용의 월, 용의 날, 용의 시간에 만드는 검이옵니다."

"범의 기운을 받아 만든 사인검과 다르게 용의 기운을 받아 만든 검이라는 건가?"

"예, 그러하옵니다."

"흐음. 용의 기운이라. 궁에 이런 검이 몇 자루 더 있는가?"

상선이 고개를 흔들었다.

"사인검과 다르게 사진검은 오로지 한 사람. 조선의 주인이신 전하만을 위한 것이옵니다. 전해져 오는 기록을 봐도 사인검은 왕실의 종친이나 신하들에게 하사한 적이 있으나, 사진검은 단 한 번도 없다고 했습니다. 또 사진검을 만들기 위해서는 용의 기운을 감당할 수 있는 장인과 그에 걸맞은 재료들이 필요한데, 그것들을 구하기 쉽지 않아 이미 오래전부터 제작을 하지 않았습니다."

"용의 기운을 감당할 수 있는 장인이라……."

조선이라는 나라가 세워지고 수십 명의 왕이 있었다.

그 중에는 오로지 핏줄로 왕이 된 자도 존재하지만, 시대의 흐름을 타고 스스로 왕에 오른 자도 있다.

또는 원치 않아도 왕의 자리에 오른 사람도 있었다.

그들 모두가 하늘의 선택을 받았다고 할 수는 없을 것이다.

사진참사검과 같은 물건을 만들 수 있는 장인 또한 그럴 것이다.

왕이 존재한다고 해도 그걸 만들 수 있는 장인이 없다면, 애초에 이 검은 태어날 수 없는 검이었다.

"이런 검이 태어나는 것도 운명이란 것이겠지."

현대에 사인검과 다르게 사진검이 전해져 오지 않는지 이유를 어렴풋이 알 것 같았다.

결국, 이 검은 한 나라의 왕실조차 감당하기 힘들 정도로 운이 따라야 태어날 수 있는 검이라는 소리였다.

"……."

시선을 돌려 다시 사진참사검을 쳐다봤다.

그리고는 이내 조심스레 검집에서 검을 뽑아내었다.

스르릉.

시리도록 차갑고 맑은 소리가 공동과 귓가에 울려 퍼졌다.

그리고 잠시 뒤 내 머릿속에 생각지도 않은 목소리와 이명이 찾아왔다.

[시대의 보물과 만나셨습니다.]

[정산의 방에서 보상이 소폭 향상됩니다.]

[사진참사검이 정산의 방 아이템 목록에 추가되었습니다.]

[아이템 목록에 추가된 사진참사검은 포인트를 소모해서 정산의 방에서 구매 가능합니다.]

지금까지 여행에서는 단 한 번도 듣지 못했던 알림이었다.

목소리와 이명은 여기서 끝나지 않았다.

[동기화가 향상됐습니다.]

[현재 동기화는 50%입니다.]

"아!"

짧은 탄성이 절로 흘러나왔다.

드디어 기다리고 기다렸던 동기화가 50%를 달성했다.

[동기화가 50%를 넘어, 지금부터 정착자의 특성을 일부 사용할 수 있습니다.]

[현재 사용가능한 특성은 패기입니다.]

[개화된 정착자의 특성은 TP 포인트를 소모해서 정산의 방에서 구매가 가능합니다.]

'……패기라고? 설마 내가 생각하는 그 패기?'

전혀 생각지도 못한 특성이 등장했다.

기쁨도 잠시 재빨리 해당 특성의 설명의 살폈다.

〈패기〉

고유: Passive

등급: A+

설명: 어떤 어려운 일이라도 이겨내는 강인하고 굳센 힘과 정신입니다.

수많은 암살 위협과 불행에도 불구하고 포기하지 않고 주변과 스스로를 이겨내어 끝내 왕좌에 오른 이산의 고유 특기입니다.

효과: 자신이 지닌 기운으로 상대를 일시적 무력화 상태에 빠트립니다. 기운의 차이에 따라서 무력화 상태의 차이가 달라집니다. 단, 자신보다 강한 기운과 의지를 지닌 상대에게는 통하지 않습니다.

설명 그대로 이산의 고유 특기는 기세로 상대를 제압하는 패기였다.

왕의 위치에서 신하들과 수많은 백성을 다스렸으니, 이런 고유 특기가 생기는 것도 이해가 되었다.

등급 또한 지금까지 내가 여행에서 얻은 특성 중에서 가장 높았다.

'진실과 거짓도 A등급이었는데, 이건 그것보다 등급이 높네. 포인트는 얼마나 하려나?'

좋은 특기가 개방되었다고 해서 꼭 좋다고만 볼 수는 없었다.

포인트가 부족해서 구매하지 못하면, 그저 빛 좋은 개살구에 불과하기 때문이었다.

"전하, 왜 그러시옵니까?"

"응? 아무것도 아니네."

상선의 질문에 고개를 흔들고는 다시 검에 집중했다.

그러자 처음에는 몰랐던 특이한 점이 눈에 들어왔다.

"그런데 사진참사검은 원래 사인검과 다르게 이렇게 날이 세워져 있는 것인가?"

날카롭게 날이 세워져 있는 검신을 보며 상선에게 물었다.

내가 알기로 사인검 같은 경우에는 날을 세우지 않았다.

애초에 전장에서 사용할 목적으로 제작된 검이 아니라 주술적 의미로 만든 검이기 때문이었다.

"아니옵니다. 사진검 또한 사인검과 마찬가지로 본래 날을 세우지 않는 것으로……?"

말을 잇던 상선 인우의 눈이 크게 떠졌다.

그럴 것이 그의 앞으로 내민 사진참사검에는 분명 날이 세워져 있기 때문이었다.

뒤늦게 날을 확인한 상선 인우의 얼굴에 당혹스러운 표정이 떠올랐다.

"여기 날이 세워져 있지 않은가?"

"그, 그렇습니다."

"그럼 이 검은 사진검이 아닌 것인가?"

"……."

상선은 쉽게 입을 열지 못했다.

그도 혼란스러운 것이다.

분명 그 외향은 기록으로 전해지는 사진참사검의 특징과 일치했다.

하지만 검신의 날을 세웠다는 것만으로도 검을 만든 목적과는 맞지가 않았다.

‘어쩌면 차라리 잘된 것일지도.’

당황하는 상선 인우를 보며 미소와 함께 그의 어깨를 두드려 줬다.

“됐네. 그냥 이 검이 사진검이 아닌 것으로 하세.”

“예? 그게 무슨 말씀이십니까?”

“그래야 내가 떠나기 전에 마음 편히 선물로 줄 수 있을 테니까 말이야. 무인이라면, 좋은 검을 마다할 리가 없을 테니까.”

“전하?”

말뜻을 이해 못한 듯 상선 인우가 고개를 갸웃거렸다.

그 모습에 난 그저 웃으며 검을 검집에 도로 넣었다.

탁!

검을 뽑을 때도 그랬지만, 집어넣을 때도 듣기 좋은 소리가 귓가에 울렸다.

선물로 준다면 꽤 마음에 들어 할 것 같다.

“자, 시간이 꽤 흐른 것 같으니 이만 가지. 밖으로 나가서 맑은 공기를 마시고 싶으니까 말이야.”

한 손에 새롭게 발견한 사진검을 들고 내탕고 밖으로 나온 지 얼마나 됐을까?

내관 한 명이 바쁜 걸음으로 달려왔다.

그 얼굴이 낯이 익어 쳐다보니, 평소 상선 인우와 함께 다니던 내관이었다.

"무슨 일이 생겼는가?"

내가 묻기에 앞서 상선이 재빨리 앞으로 나서 내관에게 달려온 연유를 물었다.

가쁜 숨을 몰아쉰 내관이 황급히 고개를 숙이며 입을 열었다.

"후우, 후우. 전하, 왕대비께서 깨어나셨사옵니다."

"깨어나셨다고?"

"예. 어의 영감의 말에 따르면, 깨어 나시자마자 왕대비께서 전하를 찾으셨다고 하옵니다."

"……."

순간 수많은 생각이 머릿속에 떠올랐다.

또한 나도 모르게 반사적으로 이번 임무에 남은 시간을 확인했다.

[남은 임무 시간은 70시간입니다.]

이제 임무가 완료될 때가지 남은 시간은 3일이 채 되지 않았다.

어느덧 절반의 시간을 무사히 보낸 셈이었다.

또한, 진행 흐름 역시 나쁘지 않았다.

그와 함께 머릿속에 이런 생각이 들었다.

'……꼭 만나야 할 필요가 있을까?'

왕대비는 죽지 않았다. 이것만으로도 역사의 흐름은 변하지 않은 셈이었다.

그리고 내가 굳이 그녀를 만나지 않아도 시간은 흘러간다.

70시간이란 시간이 남았지만 갖은 이유와 왕의 힘을 이용하면, 왕대비를 만나지 않고 충분히 버틸 수 있는 시간이었다.

'혹시라도 왕대비가 내가 이산이 아니라는 것을 알고 있으면 어떡하지? 그로 인해 역사의 흐름이 바뀌면…….'

내 마음속 한편에는 두려움이 있었다.

소방관인 제임스였을 당시에는 그저 사람을 살려야겠다는 생각으로 움직였다.

황금 그룹의 송지철이었을 때는 욕심이었다.

적어도 내가 소중하게 생각하는 사람을 지킬 수 있는 힘 정도는 가지고 싶었기 때문이었다.

이렇듯 지금까지의 여행에는 내 의지가 반영된 어떠한 목적이 있었다.

그리고 그 목적은 언제나 내가 가진 두려움과 망설임을 이기는 데 큰 도움을 줬다.

하지만 이번 여행은 내가 원했기 때문은 아니었다. 그저 모든 것을 잃을까 생긴 두려움 때문에 시작한 여행이었다.

'……무서운 걸까?'

과거처럼 그저 손을 뻗어도 닿을 수 없는 현실에 좌절하고 절망하는 인간으로 돌아갈까 봐 무서웠다.

지금의 모든 것이 그저 신기루처럼 사라질까봐 겁이 났다.

'…….'

그래서일지 모른다.

혹시라도 왕대비의 첫 물음이 '당신은 누구입니까?' 라고 한다면, 나는 무엇이라 대답해야 하는가라는 생각이 들었다.

혹시라도 내 한마디에 역사가 뒤틀리고 그로 인해 모든 것이 잘못 되지는 않을까 하는 걱정 때문이었다.

"전하, 어찌하시겠습니까?"

상념을 깨운 것은 내가 이산이 되고 나서 항시 옆을 지키던 상선 인우의 목소리였다.

"상선."

"예, 전하."

"내 한 가지 묻고 싶은 것이 있는데, 대답해주겠는가?"

"소신이 아는 것이라면, 뭐든 답하겠나이다."

잠시 망설이다가 입을 열었다.

"자네는 두려운 것이 있다면 피하는 성격인가? 아니면 맞서는 성격인가? 자칫 잘못된 결정으로 모든 것을 잃을 수 있는 상황에서 말이네."

옆에 있던 내관이 눈을 동그랗게 뜨고 나와 상선을 훑어봤다.

하지만 그도 잠시.

이내 상선 인우의 매서운 눈빛을 받더니 화급히 고개를 숙였다.

"전하, 김 내관의 무례를 용서하시옵소서."

"괜찮다. 그보다 내 질문에 답을 해주겠는가?"

공손히 고개를 숙인 상선이 입을 열었다.

"소신, 배움이 짧아 전하께서 말씀하신 의미를 정확히 모르겠나이다. 다만……."

"다만?"

"전하께서는 이 조선의 유일한 주인이십니다. 그러니 그 어떤 것일지라도 두려워해서도 또 두려울 것도 없으셔야 합니다."

"이보게. 왕이라고 해도 실수를 할 수 있는 법이네. 그런데 어찌 두려운 것이 없을 수 있겠는가?"

나도 모르게 힘이 빠진 목소리가 입에서 흘러나왔다.

그 순간 그 어느 때보다 굳건하고 단호한 상선의 목소리가 들렸다.

"조선의 주인이시옵니다."

"……."

"왕의 길이옵니다."

"……?"

"그리고 사내이지 않으십니까?"

상선이 숙였던 고개를 들어올렸다.

"실수인지 아닌지는 훗날 시간이 흘러 후대가 평가할 일이지 않겠습니까? 지금은 그저 전하께서 옳다고 여기시는 것을 행하시면 됩니다. 그것이 이 조선의 사내이자 주인, 왕으로서 수많은 업을 짊어지고 계신 전하께서 누리셔야 할 권리입니다."

"자네……."

"전하, 주변을 두려워하지 마시고 옳다고 생각하시는 길을 걸으시옵소서. 그것이 언제나 고독과 싸울 수밖에 없는 군주께서 걸어가야 할 길이옵니다."

21세기 민주주의 사회에서는 쉽게 납득할 수 없는 말이었다.

상선이 말하는 것은 왕도(王韜)가 아닌 패도(覇道)에 가까웠기 때문이었다.

하지만 이상하게도 난 그의 말이 가슴에 와 닿았다.

내가 옳다고 여기는 길.

설령 그 길의 끝에 있는 것이 지옥의 화마(火魔)라고

할지라도 내가 선택한 길이라면, 누군가에게 등 떠밀려 했던 결정보다 후회가 덜 되지 않겠는가?

"후후…… 하하하!"

꽉 막혔던 가슴이 뻥 뚫린 기분이었다.

어차피 남들은 한 평생 살아도 할 수 없는 경험.

몇 번을 다시 태어난다고 해도 겪을 수 없는 일들을 겪고 있다.

이것만으로도 어쩌면 그 무엇과도 바꿀 수 없는 인생을 살고 있는 것인지도 모른다.

'그리고 적어도 그동안 비겁한 적은 없었잖아.'

여행을 하면서 여러 가지 사건이 있었지만, 한 가지 만큼은 당당했다.

적어도 나 스스로를 겁쟁이라 할 만큼 비겁하게 행동한 적은 없었다.

모두 내가 옳다고 여겼기 때문에 행동했다.

설령 그게 자칫 역사를 크게 바꿀 수 있는 일이었음에도 말이다.

애초에 나란 인간이 이런 인간이었던 것이었다.

설령 훗날 여행자의 삶을 영위할 수 없어 모든 것을 잃는다고 해도 나란 인간이 이런 인간이라면, 제법 살 만한 인생을 살지 않을까?

휘이잉.

때에 맞춰 어디선가 시원한 바람이 불어와 뜨겁게 달아올랐던, 몸을 식혀줬다.

"상선."

"예, 전하."

"오늘 날씨가 아주 좋군."

하늘을 향해 고개를 들자 구름 한 점 없이 맑은 하늘이 보였다.

상선 역시 나를 따라 하늘을 쳐다보더니, 이내 고개를 크게 끄덕였다.

"정말로 좋은 날씨이옵니다."

"그래, 아주 좋은 날씨야."

고개를 한 번 끄덕인 뒤 가볍게 뒷짐을 걸음을 옮겼다.

목적지는 대비전.

왕대비가 머무는 곳이었다.

대비전에 도착하자 제일 먼저 나를 반긴 사람은 어의 강명길이었다.

"전하, 오셨습니까?"

"그래. 왕대비의 상태는 좀 어떤가?"

"기력이 많이 약해지시기는 했지만, 대화를 나누기에는 무리가 없으십니다."

"그거 다행이군."

"그리고 전하, 내의원의 의관이 소식을 전했는데 그 자 또한 정신을 차렸다고 하옵니다."

"그 자?"

반문도 잠시 내 머릿속에 스쳐지나가는 인물이 있었다.

"귀문의 그 자객 말인가?"

"예, 전하."

"그렇다면 의금부에 일러 무리하지 않는 선에서 귀문에 대해 알아내도록 하게. 내 왕대비를 만나고 난 뒤에 의금부에 들릴 것이네."

"알겠사옵니다."

명을 받은 어의가 물러나자 상선 인우를 쳐다봤다.

"안에다 알리도록 하게."

"예, 전하."

상선 인우가 앞으로 나서자 대비전의 문 앞을 지키고 있던 상궁이 다가왔다.

"민 상궁. 주상 전하께서 왕대비마마를 보고자 하시니, 안에다 기별을 넣어주게나."

"알겠습니다. 상선어른."

민 상궁이 재빨리 걸음을 옮겨 대비전 안으로 들어갔다.

그렇게 얼마의 시간이 지났을까?

라면 익을 정도 시간이 흐르자 안으로 들어갔던 민 상궁이 다시 나왔다.

"준비가 끝나셨다고 합니다. 드시지요."

대비전 내부의 모습은 강녕전과는 사뭇 달랐다.

강녕전이 절제된 소수의 물건으로 무거움을 준다면, 대비전은 다양하고 화려한 색의 가구들이 즐비해 있었다.

특히 화려한 장식의 극이라고 할 수 있는 나전칠기는 보는 것만으로도 절로 감탄사를 불러 일으켰다.

드르륵.

문을 열고 방안으로 들어서자 초췌한 얼굴의 왕대비가 보였다.

"주상, 이리 와주셔서 감사합니다."

"그보다 몸은 좀 괜찮으십니까?"

"이제 괜찮습니다. 늙은이가 불민해서 주상께 괜한 염려를 끼쳤습니다. 그저 미안할 따름입니다."

"아닙니다. 이리 다시 정신을 차리셔서 얼마나 다행인지 모릅니다."

진심으로 하는 말이었다.

사실 마음 한 구석에 왕대비가 이대로 깨어나지 못하면 어쩌지 라는 불안감이 있었다.

어찌됐든 내 영향이 아예 없다고는 할 수 없기 때문이었다.

왕대비의 입가에 작은 미소가 생겨났다.

"그리 말해주시니 고맙습니다. 아! 주상, 그리 서 계시지 말고 앉으세요. 민 상궁, 가서 다과상 좀 내오게."

"예, 마마. 이미 수라간에 준비를 하라 일렀습니다."

고개를 끄덕인 왕대비의 시선이 이번에는 상선 인우에게로 향했다.

"상선, 내 주상과 긴히 나눌 말이 있으니 민 상궁과 함께 잠시 나가 있어주겠습니까?"

왕대비의 권유에 상선은 곧장 대답하지 않고 시선을 내게로 돌렸다.

"그리하게."

"알겠습니다. 그럼, 소인은 민 상궁과 함께 밖에서 대기하고 있겠습니다."

상선 인우가 뒷걸음질로 물러나자 민 상궁 역시 그 뒤를 따랐다.

고작 두 사람이 나가고 두 사람이 남았을 뿐인데, 방안은 이상할 정도로 적막함이 가득했다.

'목이 타네.'

앞에 물이라도 있었으면, 벌컥벌컥 들이켰을 것 같은 기분이었다.

"……주상, 사실 이 사람은 정신을 차리고 고민을 많이 했습니다. 이 얘기를 과연 해야 하는 것인지 말아야 하는 것인지."

먼저 말문을 연 것은 왕대비였다.

"어쩌면 이 얘기를 들은 주상께서 이 사람이 미쳤다고 생각하실 수도 있기 때문입니다."

머릿속에 설마라는 단어가 떠올랐다. 왕대비의 시선이 나를 향했다.

"하지만 고민 끝에 내린 결정은 말을 해야 한다는 것이었습니다. 이 얘기에는 저뿐만 아니라 주상께서도 포함되기 때문입니다."

"……어떤 얘기라도 이상하게 생각하지 않겠습니다. 그러니 부담가지시지 말고 말씀해보세요."

왕대비가 고개를 끄덕였다.

"정신을 잃고 있는 동안 아주 긴 꿈을 꾸었습니다. 그 꿈에서 제 몸은 다른 사람의 것이었고 저는 그저 그 사람이 하는 행동을 바라보고만 있었답니다."

"……!"

첫 마디를 듣는 순간 갈증이 사라졌다.

또한, 전신의 근육이 뻣뻣하게 굳어 갔다.

왕대비가 무슨 얘기를 꺼내려고 하는지 본능적으로 알 수 있었다.

'여행자, 미나코에 대한 얘기다.'

이런 반응을 모르는 왕대비는 계속해서 말을 이어 나갔다.

"신기한 것은 그 꿈에서 바라봤던 것들이 어렴풋하게

기억이 난다는 겁니다. 본래 꿈이란 것은 깨어나면 금세 잊어버리지 않습니까? 그런데 이번 꿈은 기억이 나는 것뿐만 아니라, 그때의 감정까지도 남아 있답니다."

"……."

"뿐만 아니라, 꿈속에서 제 몸에 있던 그 사람은 간혹 제가 보고 있다는 것을 아는 듯 종종 말을 걸어왔답니다."

"……그 사람이 무슨 말을 했습니까?"

"하나 같이 신기한 말들뿐이었습니다. 아! 미래에는 제 손바닥만 한 물건으로 자리에 앉아서 모든 것을 할 수 있다고 하더군요. 악공(樂工)의 노래를 자유롭게 듣고 천리 밖에서 벌어지는 일도 알 수 있으며, 세상 어디에 있든 사람들과 자유롭게 대화를 나누고 얼굴을 볼 수 있다 했습니다."

꿀꺽.

절로 입안에 고인 침이 넘어갔다.

'그 미나코라는 인간. 대체 무슨 생각인거야?'

왕대비가 말하는 그 물건이 무엇인지 알아차리는 것은 어렵지 않았다.

휴대폰.

앞으로 수백 년 뒤라면, 코흘리개 꼬마들도 필수품으로 가지고 다니는 전자기기였다.

"……혹시 그 물건의 이름이 무엇인지 들었습니까?"

"듣기는 했으나, 이름은 기억이 나지 않는군요."

"그럼, 그 꿈속의 사람이 다른 물건에 대한 얘기도 했습니까?"

왕대비는 고개를 끄덕이며, 몇 가지 물건에 대한 얘기를 더 꺼냈다.

그리고 난 이내 그 얘기를 통해 한 가지 사실을 추론할 수 있었다.

'정착자는 여행자에게 현대의 물건에 대한 얘기를 듣더라도 그 시대에 존재하는 것이 아니라면, 이름을 기억하지 못한다. 그럴 경우 정착자가 가진 기억이나 혹은 살아가는 시대의 흐름에 맞게 재해석 된다.'

왕대비의 들은 얘기 중에는 미래의 텔레비전과 자동차에 대한 것도 있었다.

작은 상자 안에서 수십 명의 사람이 나와서 경극을 펼치는 물건과 네 개의 바퀴를 단 가마.

그 가마는 사람과 말이 없어도 저절로 움직이고 또 개중 거대한 것은 수백 가마의 쌀을 단숨에 싣고 움직일 수 있다고 했다.

현대의 물건을 조선 시대의 사람 관점에서 보면, 이해할 수 있는 설명이었다.

"그것 말고 또 다른 기억은 없으십니까?"

왕대비가 물끄러미 날 쳐다봤다. 그러더니 이내 망설이는 표정을 지었다.

"얘기를 들으니, 저 또한 재미있어서 그렇습니다. 어떠한 얘기든 이상하게 생각하지 않을 테니, 계속 하세요."

망설이던 왕대비가 이내 작게 한숨을 쉬고는 말했다.

"……그 사람이 주상을 사모했습니다."

"네?"

부끄러운 듯 왕대비의 얼굴이 붉게 달아올랐다.

"이 사람이 여인이기 때문에 알 수 있었습니다. 분명 꿈속의 그 사람은 주상에게 연모의 정을 품고 있었습니다."

"……."

머릿속에 여행자 미나코가 남겼던 마지막 말이 떠올랐다.

[사실 이건 비밀인데, 임무를 수행하면서 그 이산이라는 남자가 꽤 마음에 들었어요. 정말 멋진 남자였거든요. 그게 아니었다면, 지금까지 일을 미루지도 않았을 텐데.]

'그 말이 장난이 아니라 진짜였어?'

조금 이상하긴 했지만, 그래도 진심일거라고는 생각하지 못했다.

많은 양보를 해도 약간의 호감 정도라고 생각했다.

그런데 지금 왕대비의 얘기를 들으면, 미나코라는 여행자는 정말 이산에게 마음이 있었던 것 같다.

"그리고 꿈속에서 그 사람은 계속 뭔가를 고민하고 있었습니다. 하지만 주상을 사모하는 마음 때문인지 계속 망설이고 주저했답니다."

고민이 무엇인지 알아차리는 것은 어렵지 않았다.

왕대비의 표정을 살피면서 조심스레 물었다.

"혹시 그 고민이 무엇인지도 기억나십니까?"

왕대비가 고개를 저었다.

"……그건 기억이 나지 않습니다."

아주 잠깐이지만 대답을 하는 순간 왕대비에게서 일말의 망설임이 보였다.

'진짜로 기억이 나지 않는 것일까?'

이산의 몸으로는 내가 지닌 특성을 사용할 수 없다.

하지만 타임 포켓에 들어 있는 진실의 동전을 사용한다면, 지금 왕대비의 말이 진실인지 거짓인지 알아내는 것은 어려운 일이 아니었다.

슬며시 손이 타임 포켓을 향해 뻗어갔다.

멈칫.

'후우, 관두자. 어차피 이제 곧 있으면 나는 떠난다. 여행자의 기억이 어느 정도 정착자에게 남는다는 것도 확인했는데, 여기서 괜히 두 사람의 관계를 이상하게 만들어 놓을 필요는 없지.'

잠깐의 고민 끝에 나는 동전을 사용하지 않기로 결정했다.

지금까지의 대화만으로도 꽤 다양한 정보를 얻은 상태였다.

그리고 이제 확인을 해야 할 내용은 하나였다.

"그 꿈은 어디까지 기억이 나십니까?"

과연 왕대비는 여행자 미나코가 그녀의 몸으로 내게 총을 쏘려던 것을 기억하고 있을까?

"주상과 함께 경회루의 다리에서 등불을 보던 것까지인 듯합니다."

등불을 보던 상황이라면, 미나코가 총을 꺼내기 전이었다.

물론 지금의 말 또한 진실이라고 100% 단정할 수는 없다.

하지만 적어도 왕대비가 자신의 몸으로 날 죽이려고 했던 것은 기억이 나지 않는 것은 맞는 것 같았다.

그렇지 않다면 이렇게 태연하게 대답을 하지는 못했을 것이다.

기억을 하고 있다면 조금이라도 감정의 흔들림이 느껴져야 정상이었다.

"참으로 신기하고도 놀라운 꿈이군요."

"네, 주상께서도 그리 생각하시지요?"

"그렇습니다. 하지만 본래 꿈이란 것은 기력이 약해지고 걱정이 늘면 생기는 것이라고 들었습니다. 어의에게 일러 기력을 보하는 탕약을 올리라고 해야겠습니다. 또 왕대비께서도 마음속의 걱정이 있다면, 쌓아 두시고 제게 말하도록 하세요. 제 힘껏 도와드리도록 하겠습니다."

"주상, 말씀만이라도 고맙습니다."

그 뒤로 나는 민 상궁이 내온 다과상을 왕대비와 함께 들며, 이런저런 얘기를 나눴다.

대화를 하면서도 주의 깊게 왕대비를 살폈다.

그러나 크게 이상한 점은 보이지 않았다.

다만 확실한 것은 여행자가 떠나고 난 뒤에도 정착자에게는 어느 정도 영향을 끼친다는 점이었다.

예를 들면 이런 것이었다.

"날이 더우니 달달한 아이스크림을 먹으면 좋을 것 같습니다."

"지금 아이스크림이라고 하셨습니까?"

"네, 주상. 그런데 아이스크림이 무엇이지요?"

자신이 꺼낸 말임에도 불구하고 왕대비가 고개를 갸웃거렸다.

'여행자가 남기고 간 기억의 잔재인가.'

조선 시대에 아이스크림이 있을 턱이 없었다.

그렇다는 말은 왕대비의 몸에 아직 미나코가 지닌 기억의 잔재가 지워지지 않고 남아 있다는 소리였다.

그리고 그 기억의 잔재는 정착자 본인이 의식하지 못한 사이 때때로 흘러나오고 있었다.

"그럼, 이만 가보도록 하겠습니다."

"주상, 살펴가세요."

대화를 끝내고 자리에서 일어난 뒤 대비전을 벗어났다.

다행이도 어느 정도의 영향은 있지만, 여행자가 떠나고 난 뒤 정착자에게 큰 문제가 생기는 것은 아닌 것 같았다.

심리적인 문제는 앞으로 시간이 조금 지나면, 차츰 해결이 될 것이다.

"좋아. 그럼, 이제 귀문과 그 대적자 문제만 해결하면 끝이구나."

두 가지 문제 또한 쉬운 것은 아니지만, 그렇다고 해서 큰 걱정은 되지 않았다.

이미 판은 제대로, 그리고 시원하게 열어 놨다.

이제는 한 사람의 농부가 돼서 그 열매를 수확하기만 하면 되었다.

저벅저벅.

어쩐지 그 어느 때보다 내딛는 발걸음이 가벼운 것 같았다.

대비전 처소.

홀로 앉아 있던 왕대비가 다과상에 올려진 차를 한 모금 들이켜더니, 한숨을 내쉬었다.

"후우."

양손을 내밀어 확인하니, 물가에서 멱이라도 감고 나온 듯 땀방울이 흥건히 맺혀 있었다.

스윽.

자연스레 땀방울을 옷자락에 문질러 닦던 왕대비가 이내 화들짝 놀란 표정을 짓더니, 동작을 멈췄다.

"또……."

손바닥의 땀을 입고 있는 옷자락으로 닦아 내는 행동은 왕족으로서는 상상도 할 수 없는 행동이었다.

더욱이 그녀는 현재 왕실의 가장 큰 어른이었다. 누구보다 체통을 중요시해야 했다.

하지만 긴 꿈을 꾸고 난 뒤에는 이상하게도 지금과 같은 행동들이 무의식적으로 튀어 나왔다.

하지만 이런 행동을 가지고 의원을 부를 수는 없었다.

사실 왜 이런 행동이 튀어나오는지 모르는 것도 아니었기 때문이다.

그래서 한편으로는 시원하기도 했지만 또 한편으로 아쉽고 서운하기도 했다.

"……이제 두 번 다시 함께할 일은 없겠죠."

문 밖을 잠시 바라보던 왕대비가 이내 다 식어 버린 차를 한 모금 들이키며, 중얼거렸다.

"잘 가요. 미나코……."

❖ ❖ ❖

강녕전으로 돌아가니 어느새 검동 수향이 기다리고 있었다.

"그래, 치료는 잘 받았느냐?"

귀문의 자객이 습격했던 그 날, 수향 또한 아무런 상처를 입지 않은 것은 아니었다.

뒤늦게 사태가 정리되고 보니, 수향의 옆구리에도 피가 흘러내리고 있었다.

내가 왕대비의 상태를 살피는 사이 날 노리던 자객을 막느라 생긴 상처였다.

"전하께서 신경을 써주신 덕분에 이제 아무렇지도 않습니다."

"거짓말은 나쁜 것이다."

"네?"

"칼에 맞았는데 그 짧은 사이에 회복이 된다면, 세상천지 칼에 맞아 죽는 사람이 어디 있겠느냐?"

"죄, 죄송합니다."

"죄송할 것까지야. 농이었느니라."

피식.

얼굴이 붉게 달아올라 고개를 숙이는 그녀를 보며 난 작게 미소를 지었다.

그저 날 지키려다가 다친 모습이 속상해서 한 말이었다.

애초에 수향을 질책할 생각 따위는 있지 않았다.

"그나저나 내 지금부터 날 암습했던 귀문의 자객을 만나러 갈 생각인데. 너도 함께 가겠느냐?"

"그때 그 자객 말이옵니까?"

수향의 머릿속에서 자객의 모습이 떠올랐다.

비록 얼굴은 복면으로 가려져 있어 기억이 나지 않지만, 눈동자만큼은 똑똑히 기억하고 있었다.

"그래. 아마 지금쯤 의금부에서 조사를 하고 있을 게다."

"그럼, 소녀가 전하를 모시겠습니다."

"아, 그 전에 네게 줄 것이 하나 있는데. 뭐, 그건 좀 나중에 줘도 되겠지."

눈을 동그랗게 뜨는 수향을 보며, 볼을 긁적거렸다.

"말이 나온 김에 내 전부터 네게 궁금한 것이 하나 있었는데, 물어봐도 되겠느냐?"

"하명하소서."

"너는 이 궁에서 무엇이 하고 싶더냐?"

멈칫.

너무 갑작스러운 질문이었을까?

질문의 의도를 파악하지 못한 수향이 눈을 깜박거리며, 내 얼굴을 빤히 쳐다봤다.

하지만 그도 잠시 이내 자신의 실수를 깨닫고는 급히

고개를 숙였다.

"죄, 죄송합니다."

조선 시대에서는 임금의 얼굴을 용안(龍顔)이라고 불렀는데, 임금의 허락 없이는 함부로 쳐다보는 것조차 허용되지 않았다.

흔히 드라마에서 백성이 임금을 만나게 되면, 최대한 고개를 숙이고 납작 엎드리는 것 역시 바로 이 때문이었다.

"괜찮다. 우리 사이에 그런 예의를 차릴 필요는 없다."

"하오나……."

"괜찮다 하였다. 그보다 아까 물은 질문에 먼저 답해보아라."

"소녀가 하고 싶은 것 말입니까?"

"그래. 비록 지금은 네가 내 검동으로 있지만, 언제까지 검동으로만 있을 수는 없지 않겠느냐? 또 궁에 온 것이 처음부터 네 의지는 아니었으니, 그 전에 네게도 이루고자 하는 꿈이 있을 것이고. 아니면, 혹 검동이 꿈이었더냐?"

"아닙니다!"

수향은 단호히 고개를 저었다.

그 모습에 난 웃음을 흘렸다.

"보통 이럴 때는 거짓으로나마 그렇다고 대답하는 게 예의 아니더냐?"

"소녀, 전하께 거짓을 고할 수는 없습니다."

난 그녀의 이런 점이 마음에 들었다.

입가에 걸린 미소가 한층 짙어졌다.

"뭐, 그래. 그래서 네가 하고 싶은 것이 무엇이더냐? 혹 궁이 아닌 궐 밖에서 이루고자 하는 게 있다면, 내 그 또한 시간이 조금 흐르고 나면 도와주겠다고 약조하마. 목숨을 구해준 은인에게 그 정도야 충분히 해줄 수 있는 일이니까. 더욱이 내 목숨이 어디 보통 목숨이더냐? 하하!"

임금의 여인이라면 문제가 있지만, 애초에 수향은 신분은 내 검동이자 호위였다.

다시 궁을 나간다고 해도 크게 문제가 될 것은 없었다.

잠시 내 눈치를 살피던 수향이 크게 숨을 들이쉬고는 입을 열었다.

"소녀의 꿈은……."

"그래, 네 꿈이 무엇이냐?"

"조선제일검이 되는 것이었습니다."

"조선제일검? 조선에서 가장 강한 사람이 되고 싶은 것이냐?"

납득이 가지 않는 꿈은 아니었다.

무예를 배우지 않았으면 모를까, 배운 이상 한 번쯤은 최고가 싶다는 생각은 누구나 가지고 있을 것이다.

'흠, 실력은 이미 예전에 확인을 했고. 좋은 스승과 무기 그리고 약재 등을 챙겨주면 가능하지 않을까? 애초에 조선

제일검이라는 호칭은 상대적인 거니까.'

조선의 모든 무인들과 승부에서 이겨야 조선제일검이라는 호칭을 얻는 게 아니었다.

현재 그 호칭을 가지고 있는 자, 혹은 제일 근접한 자와의 대결에서 승리를 해도 조선제일검의 호칭은 얻을 수 있다.

더욱이 수향의 나이는 고작 열일곱이었다.

이미 재능은 있으니, 나이를 볼 때 체계적인 훈련과 지원이 있을 경우 이루지 못할 꿈도 아니었다.

"……그랬는데 최근 꿈이 바뀌었습니다."

"바뀌었다고? 그러고 보니……."

수향의 대답이 조금 이상했었다.

그녀의 대답이 과거형이었기 때문이었다.

그 어느 때보다 진지한 얼굴로 수향이 말했다.

"지금의 제 꿈은 전하를 지키는 내금위장이 되는 겁니다."

"잠깐, 뭐가 되고 싶다고?"

"내금위장 말입니다."

만약 지금 이 순간 내 입에 주스가 들어 있었다면, 의지와는 상관없이 그대로 주르륵 흘러내렸을 것이다.

그만큼 수향의 대답은 상상하지도 못했던 것이다.

'조선시대에 여자 내금위장이 있었던가?'

아무리 기억을 더듬어 봐도 여자 내금위장이 있었다는 기록은 본 적이 없는 것 같다.

애초에 조선은 유교를 기반으로 한 가부장적인 사회였다.

당연히 여성의 위치는 남성에 비해 낮았고 관직에 나가는 것은 하늘의 별을 따는 것보다도 어려웠다.

물론 그렇다고 해서 조선 시대를 통틀어 관직에 오른 여성이 존재하지 않는 것은 아니었다.

대표적인 여인으로는 바로 몇 년 전 큰 인기를 끌었던 드라마 대장금의 주인공 장금이란 여인이 있었다.

그녀는 중종 때의 인물로 여인임에도 불구하고 의술에 정진한 끝에 종2품 어의 자리에 올랐다.

내금위장의 품계가 종3품이니, 관직의 품계로만 따지자면 수향의 꿈보다 이미 더 대단한 업적을 이룬 셈이었다.

"어째서 내금위장이 되고 싶은 것이냐? 혹 관직에 관심이 있느냐?"

세상에는 물욕에는 관심이 없어도 유독 명예에는 집착을 하는 사람이 있었다.

사람마다 추구하는 욕심이 전혀 다르기 때문이었다.

"아닙니다! 관직 따위는 아무래도 상관없습니다."

"그럼?"

"……두 가지 꿈을 모두 이룰 수 있기 때문입니다. 이 조선에서 대대로 조선제일검의 칭호를 가장 많이 받은 자가 내금위장이었습니다. 또 내금위장이 되면, 계속 전하를 지킬 수도 있지 않습니까?"

"수향아. 네게 나를 지켜달라고 한 것은 분명 내가 내린 명령이었다. 하지만 네가 아니더라도 이 조선과 궁궐에서 나를 지킬 사람은 많이 있단다. 그러니 굳이 그 명령에 너무 얽매이지 않아도 된다."

"……."

수향이 입을 다물었다.

표정을 살피니 무언가 불만이 가득한 표정이었다.

'이것 참…….'

화가 난 것 같기는 한데, 무슨 이유 때문인지 감이 잡히지 않으니 오히려 답답함이 일었다.

결국, 내가 선택한 것은 일단은 아직 남아 있는 다음 일을 해결하는 것이었다.

"……일단은 알았다. 네 꿈이 무엇인지 알았으니, 쉽지는 않겠으나 앞으로 그 방법에 대해 차츰 생각해보마. 오늘 얘기는 우선 귀문의 자객부터 만나고 계속 얘기해보자꾸나."

Chapter 68. 작별의 시간

의금부(義禁府).

의금부의 시작은 고려 시대부터였다.

현대로 치면, 국정원이라 일컫는 국가정보원으로 별칭은 금오(金吾) 또는 왕부(王府)라고 불렸다.

의금부의 주요 업무는 왕명을 받들어 추국(推鞫)하는 일이었다.

흔히 잡범으로 분류되는 일반 죄수들은 포도청에 수감되었으며, 의금부에 잡혀 왔다는 것은 역모 또는 유교 사상에 어긋나는 일 등의 중대한 죄를 저지른 양반이라는 소리였다.

"전하, 오셨습니까?"

의금부에 들어서자 종1품 의금부 판사(判事) 윤태홍이 한 걸음에 달려 나왔다.

그 뒤로는 종2품의 동지사(同知事) 이만총이 따르고 있었다.

"자객들이 죄에 대한 실토는 하였는가?"

"송구하오나, 아직 매서운 맛을 보지 못해서인지 입을 열지 않고 있사옵니다. 그러나 본격적으로 추국을 시작하고 있으니, 곧 모든 것을 실토하게 될 것입니다."

동지사 이만총의 대답에 그날의 일을 떠올렸다.

분명 목숨을 살려주고 의뢰 금액의 몇 배에 해당되는 돈을 준다고 했을 때, 자객들은 흔들리는 모습을 보였다.

그 말은 원하는 것만 들어주면 모든 것을 실토할 가능성이 있다는 소리였다.

"추국장으로 안내하게. 내 직접 그자들을 심문할 것이네."

추국장에 도착했을 때는 이미 한창 심문이 진행 중인 상황이었다.

두 명의 사내가 오라에 묶인 채 의자에 앉혀져 있었다.

두 명은 이미 모진 고문을 당했는지 피가 낭자한 옷을 입고서 혼절한 상태였다.

촤아악!

"으으."

의금부 나장이 표주박으로 물을 퍼서 끼얹었다.

혼절했던 사내가 신음 소리를 토해 내며, 몸을 꿈틀거렸다.

추국을 진행하는 정2품 지사 양백이 눈을 부라렸다.

그가 손에 들고 있던 육각 방망이로 사내들을 가리키며 말했다.

"다시 묻겠다. 네놈들의 본거지가 어디더냐?"

"모, 모르오. 이미 수 백 번을 말했지만, 정말 난 모른단 말이오!"

"우리 같은 말단은 그저 일이 있으면, 부름을 받고 모였지. 애초에 아무것도 듣지 못했소이다. 그러니 제발 살려주시오. 제발 목숨만은!"

사내들의 목소리에는 애절함과 절박함이 깃들어 있었다.

그러나 그런 목소리는 양백에게 있어 아무런 감정을 이끌어 내지 못했다.

의금부로 잡혀 온 죄인들 중에서 순순히 자신의 잘못을 인정하고 죄를 실토하는 사람은 없었다.

적어도 뼈가 몇 군데 부러지고 손톱이 대 여섯 개는 빠져야 했으며, 서너 번은 혼절하고 깨어나기를 반복해야 진실을 토해 냈다.

"흥, 입에서 피를 토해야 진실을 말할 놈들이구나. 뭣들 하느냐! 저놈들이 바른 말을 할 때까지 매우 쳐라!"

벌떡!

자리에서 일어선 양백이 나장들을 향해 소리칠 때였다.

뒤늦게 추국장으로 들어선 내 모습을 확인한 그가 눈을 크게 뜨고는 재빨리 자리에서 내려왔다.

"전하, 어찌 여기까지 오셨사옵니까?"

"날도 더운데 고생이 많네. 그런데 저자들 중에서 누가 무리의 우두머리인가?"

"그자는 현재 상태가 호전되어 압송되어 오는 중입니다. 아! 마침 저기 들어오는 자입니다."

양백이 가리키는 방향으로 고개를 돌렸다.

과연 한 사내가 나장들에게 이끌려 추국장으로 끌려오고 있었다.

그날 기억하고 있는 것은 눈동자에 불과했지만, 그것만으로도 낯이 익은 듯 보였다.

"다, 단주!"

"단주님!"

앞서 심문을 받던 이들 역시 뒤늦게 나장들에게 끌려오는 사내를 확인하고는 두 눈을 부릅떴다.

지금까지 그들은 자신들의 단주가 죽은 줄 알고 있었다.

"확실히 저자가 무리의 우두머리인가 보군. 그만큼 알고 있는 것도 많겠지. 지금부터 내가 추국을 진행할까 하는데, 자네 생각은 어떤가?"

"신 분부 받들겠나이다."

양백은 순순히 고개를 끄덕이고 뒤로 물러섰다.

계단을 올라 조금 전까지 그가 자리에 앉아 있던 곳으로 향했다.

'음, 괜히 높은 곳에 자리가 만들어져 있는 게 아니네.'

높이가 높아지니 자연스레 포박당해 있는 자객들의 표정이 훤히 드러났다.

앞서 두 명은 눈이 퀭하니 당장이라도 죽을 것 같은 얼굴이었다.

반면 새롭게 들어선 자객의 우두머리는 얼굴이 핼쑥하기는 했지만, 눈빛만큼은 야생의 맹수처럼 살아 있었다.

"사람들하고는. 이리 심하게 대해서야 쓰나? 저들이 죄를 짓기는 했지만, 사람이지 않은가?"

"죄, 죄송합니다."

내 나무람에 양백이 송구한 얼굴로 고개를 숙였다.

"자, 우선 이름부터 듣기로 하지. 자네는 이름이 무엇인가?"

가장 왼쪽에 있는 사내부터 이름을 물었다.

"소, 소인은 백경이라 하옵니다."

"백경이라. 그래, 그 옆에 앉은 자네의 이름은 무엇이냐?"

"쇤네는 만석입니다."

백경과 만석이라, 고개를 끄덕였지만 사실 그들의 이름에는 크게 의미를 두지 않았다.

어차피 그들의 이름을 물은 것은 남은 한 명의 이름을 묻기 위한 사전작업에 불과했다.

"그대의 이름이 무엇인가?"

내 시선이 단주라 불리는 사내에게로 향했다.

눈빛을 받은 사내가 담담한 얼굴로 고개를 숙였다.

"조덕경이라고 합니다."

"조덕경이라. 흠, 그날 저들을 이끌고 온 이가 자네였지?"

"……."

"내 자네에게 한 가지 궁금한 것이 있네. 어째서 내 제안을 거절하고 공격을 했나? 내 분명 자네들의 목숨도 살려주고 돈도 더 준다고 했는데. 제안이 마음에 들지 않았던 것인가?"

내 말을 들은 백경과 만석이 일그러진 얼굴로 단주인 조덕경을 쳐다봤다.

그들도 그날 자리에 있었고 분명 내 얘기를 들었을 것이다.

'원망이 들겠지.'

백경과 만석, 두 사람은 단주인 조덕경에게 화가 날 것이다.

만약 그날 조덕경이 순순히 내 제안을 받아 들였다면, 지금과 같은 상황이 벌어지지 않았을 수도 있다는 생각이

들 것이기 때문이다.

그 시선을 느꼈던 것일까? 별다른 표정의 변화가 없던 조덕경의 얼굴이 일그러졌다.

"……거짓말하지 마십시오."

"방금 무엇이라 하였느냐?"

"천것이라고 해서 바보인 것은 아닙니다. 세상 그 누가 있어서 자신을 죽이려고 한 사람을 살려주고 돈을 더 준단 말이오! 당장의 위기만 벗어나면 우릴 모두 잡아 죽였을 것 아닙니까?"

말을 잇던 조덕경이 백경과 만석을 번갈아 쳐다봤다.

"너희들도 괜히 헛된 생각으로 날 원망할 필요 없다. 임금을 죽이겠다고 한 이상 애초에 살 수 있는 방도 따위는 없던 것이다."

죽일 듯 조덕경을 쳐다보던 백경과 만석의 시선이 이번에는 내게로 향했다.

난 그 모습에 가볍게 미소를 짓고는 말했다.

"하하! 제법 논리적으로 말했다고 생각하겠지만, 짐이 보기에는 그저 웃음이 나올 뿐이구나. 지금 네 앞에 있는 자가 누구라 생각하느냐? 네가 생각하는 사람들과 짐이 같다고 생각 하느냐? 어찌 조선의 주인인 짐이 평범한 사람들과 같을 생각을 할 수 있겠느냐?"

"천것이라고 그리 놀리지 마십시오!"

"흐음. 어찌 진실을 말하는데 믿지 못할까."

"그, 그럼 정말 살려도 주고 돈도 더 주려고 했단 말씀이십니까? 전하를 죽이려고 했던 우리들을 말입니까?"

당황한 표정으로 조덕경이 되물었다.

난 망설임 없이 곧장 고개를 끄덕였다.

"당연하지. 뭐, 네놈들이 짐의 몸에 상처라도 입혔다면 모를까. 단순한 위협에 그치지 않았더냐? 그 정도야 넓은 아량으로 용서해줄 수 있는 일이다."

"그, 그럴 수가……."

조덕경이 망연자실한 표정을 지었다.

'역시 내 생각아 맞았네.'

내가 조선 시대의 임금, 이산의 몸으로 생활하면서 느낀 것은 하나였다.

이 시대의 사람들은 정말 바보 같을 정도로 임금의 말을 신봉(信奉)한다는 것이다.

마치 사이비 교주를 따르는 신도처럼 임금의 말은 크게 의심하지 않고 진실이라고 생각한다.

그 증거로 오라에 묶여 있는 조덕경은 마치 세상 전부를 잃은 것 같은 표정을 짓고 있었다.

이와 반대로 백경과 만석은 당신의 잘못된 판단으로 자신들이 이렇게 됐다는 표정을 하고는 조덕경을 노려보고 있었다.

자신들의 몸을 구속하고 있는 오라를 풀어주면, 당장 조덕경의 멱살이라도 잡을 분위기였다.

"……하긴 임금님의 생각은 우리 같은 천한 것들과는 다르겠지요. 이 몸이 배움이 짧아 그런 것도 몰랐군요. 이 또한 천하게 태어난 이 몸의 업이겠지요."

"잘못 생각했다는 것을 이제라도 깨달았으니, 다행이구나. 그럼, 내 마지막 기회를 줄 테니 이번에는 놓치지 않고 한 번 잡아보겠느냐?"

"……!"

"왜 이번에도 잡을 생각이 없느냐?"

눈이 찢어져라 커진 백경과 만석이 조덕경에게로 시선을 돌렸다.

"단주, 잡아야 합니다."

"이대로 아는 것을 함구해봐야 개죽음입니다. 이미 본문에서는 단주가 잡혀 있는 것을 알고 있을 것입니다. 그런데 아무런 조치를 취하지 않는 것은 단주와 우리를 포기했다는 것 아닙니까?"

"개똥밭에서 굴러도 이승이 좋다고 했습니다. 살 수 있는 기회가 있다면 살아야지요!"

"단주, 우린 아직 죽고 싶지 않습니다. 제발, 살려주십쇼."

두 사람의 목소리에는 간절함을 뛰어 넘어 절실함이 묻어났다.

입술을 파르르 떨던 조덕경이 이내 눈을 한 번 질끈 감고 뜨더니 말했다.

"……정말 저희를 살려주실 겁니까?"

"그야 자네가 무엇을 말하는 것에 달려있지 않겠는가?"

"……."

조덕경의 얼굴을 보니 그는 계속해서 고민을 하고 있었다.

그의 심정 또한 이해는 갔다.

귀문은 암살 집단이었다.

만약 조덕경이 자신들의 조직에 대해 발설한 것을 알게 된다면, 지옥 끝이라도 쫓아가 죽이려 들 것이 분명했다.

하지만 귀문의 복수가 무서워서 말을 하지 않는다면, 어차피 그는 의금부에서 형장의 이슬로 사라지게 될 것이다.

'아무래도 고민을 끝내 줄 한 방이 필요한 시점 같네.'

미안하지만, 내게도 그리 여유 시간이 많은 상황은 아니었다.

스윽.

망설임 없이 자리에서 일어난 후 아래에서 대기하고 있던 양백에게 말했다.

"아무래도 죄인이 마지막 기회를 잡을 생각이 없는 것 같네. 추국을 계속 진행하게. 만약 죄인이 끝내 입을 열지 않는다면, 그 뒤는 그대가 알아서 하게."

"소신 명을 받듭니다."

양백에게 다시 추국을 명하고 걸음을 옮겼다.

'1초……2초……3초……4초…….'

그리고 5초가 되었을 때였다.

"말하겠습니다!"

목소리가 들린 곳으로 고개를 돌렸다.

퉤!

조덕경이 고민을 하는 동안 입술을 깨무느라 입안에 고였던 핏물을 내뱉었다.

"모든 것을 말하겠습니다."

핏물을 내뱉은 조덕경의 얼굴에는 결심이 드리워져 있었다.

반면 백경과 만석의 표정에는 화색이 감돌고 있었다.

그들의 얼굴에는 이제 살았다는 표정이 가득했다.

"정말 모든 것을 말하겠느냐?"

"예, 귀문에 대해서 제가 알고 있는 모든 것을 말하겠습니다. 그러니 저와 제 수하들의 목숨만큼은 살려주겠다고 약조해 주실 수 있으십니까?"

나는 미소를 지으며 고개를 끄덕였다.

"그야 물론이지. 우선은 이 한성에서 너희들에게 명령을 내리던 곳이 어딘지, 그곳부터 말해보아라."

"……매화각이라는 곳입니다."

조덕경은 고개를 끄덕이며, 순순히 입을 열었다.

"매화각?"

반문함과 동시에 시선을 양백에게로 돌렸다.

그러자 당황하고 있던 양백이 급히 고개를 숙이며 말했다.

"한성에서 제일 큰 기루입니다."

"기루? 흐음. 그곳에 있는 사람이 한두 명이 아닐 텐데, 모든 이들이 귀문의 사람이란 것이냐?"

"다른 이들은 모르겠으나, 매화각의 각주만큼은 확실합니다. 제게 임금님을 암살하라고 명을 내린 사람이 각주이기 때문입니다."

"혹 다른 누군가가 그 각주라는 사람에게 나를 죽이라고 의뢰를 한 것은 아니더냐?"

"그건 저도 모르겠습니다. 대부분은 의뢰를 받아서 움직이지만, 간혹 청나라에서 연통이 오면 의뢰가 아니더라도 조선의 관리와 상인들을 암살한 적이 있기 때문입니다."

"저, 저런!"

생각지도 못한 조덕경의 대답에 추국장 곳곳에서 탄식이 흘러나왔다.

조덕경의 대답을 듣고는 재빨리 머리를 굴렸다.

'그 매화각의 각주라는 자가 하나 남은 대적자일까? 아니면, 그자 또한 조덕경과 마찬가지로 끄나풀에 불과한 것인가?'

안타깝지만 조덕경의 말만으로는 제대로 된 추론을 하기가 힘들었다.

"지사 양백은 듣게!"

"예, 전하."

"그대는 지금 당장 사람을 보내 매화각의 각주라는 자를 잡아들이게. 자객들의 실력이 보통이 아니니 준비를 철저히 해야 할 것이네."

명을 받은 양백이 고개를 숙이며 읍을 해보였다.

"신 양백, 전하의 명을 받들겠사옵니다."

시간이 많이 남지 않은 이상 조덕경을 계속 심문한다고 해서 얻을 것은 많지 않았다.

차라리 한시라도 빨리 매화각주라는 사람을 잡아 진실을 들어야 한다.

그것이 내 임무는 물론이고 훗날 이 조선을 이끌어갈 이산을 위해서도 맞는 선택이었다.

"동지사(同知事) 이만총은 현 시간부로 양백을 대신해서 계속 추국을 진행하라. 또한 추국에서 나온 사실은 하나도 빠지지 않고 내게 알려야 할 것이다."

"전하의 명을 받들겠나이다."

상황을 일단락 짓고 추국장을 빠져 나오자 종1품 의금부 판사(判事) 윤태홍이 다가왔다.

"전하."

"판사, 무슨 일이오?"

"정녕 저 흉악무도한 이들을 살려주실 생각이십니까? 소신, 좋지 않은 전례를 만들까 우려됩니다. 부디 통촉하여 주시옵소서."

고개를 돌려 윤태홍을 쳐다봤다.

사람을 얼굴만으로 평가할 수는 없으나, 그의 얼굴을 보고 있으면 강직한 성품이 한눈에 묻어났다.

그렇기 때문에 그가 무엇을 걱정하는지도 알 것 같았다.

"이보게 판사. 임금도 사람이네."

"예?"

눈을 깜빡이는 윤태홍을 보며 말했다.

"지금은 내 비록 살려준다고 약조했지만, 훗날에도 이 결정이 유효할지는 모르는 일이네. 오늘의 나와 내일의 나는 전혀 다른 사람일 수도 있다는 말일세."

"전하, 그게 무슨 말씀이십니까?"

"하하! 그냥 그런 게 있네."

도통 모르겠다는 표정의 윤태홍을 보며 어깨를 으쓱하고는 걸음을 옮겼다.

조덕경에게는 미안한 말이지만, 살려준다고 약조한 것은 어디까지나 내가 이산으로 활동하는 순간만이다.

그 뒤는 이 몸의 본래 주인이 결정할 따름이었다.

❖ ❖ ❖

"후우."

깊은 한숨을 내쉰 수향이 궁궐 밖을 바라봤다.

눈앞에 한 사람의 모습이 아른거렸다.

"그냥 따라갈 걸 그랬나."

뒤늦었지만 후회가 됐다.

괜히 고집을 피운 것은 아닐까라는 생각이 들었다.

하지만 그도 잠시였다. 수향은 고개를 흔들었다.

"아니야. 안 따라가길 잘했어."

중얼거림과 함께 양 볼이 두꺼비의 그것마냥 부풀어 올랐다.

"……기껏 꿈을 물어보시기에 대답을 했는데, 그럴 필요가 없다고 말씀하시다니. 누구는 좋아서 곁에 있고 칼침을 맞은 건 줄 아시는 건가?"

서운한 마음이 들자 금세 눈물이 핑하고 돌았다.

스승님에게 재능이 없다는 말로 구박을 들을 때도 나지 않았던 눈물이었다.

"바보 같으신 분."

처음에는 그저 양 아버지의 부탁과도 같은 명령 때문이었다.

[수향아, 네가 전하를 지켜줬으면 하는구나.]

말도 안 되는 소리라고 생각했다.

조선의 주인이신 임금님을 과연 누가 해친다고 지킨단 말인가?

그래서 오해를 했었다.

혹 자신의 양 아버지가 더 높은 권력을 잡기 위해서 자신을 임금의 첩으로 들이는 건 아닌가 생각했다.

하지만 실제로 임금님을 만나보니 그간의 상상이 오해였음을 깨달았다.

궁궐에는 선머슴 같은 자신과는 달리 하늘에서 내려온 선녀처럼 아름다운 여인들이 발에 채이도록 많았다.

생전 얼굴에 분도 바르지 않았지만, 유난히 희고 고운 여인들을 보니 자신 또한 분을 바르고 싶다는 생각이 들 정도였다.

그래도 혹시라는 생각을 하긴 했었다.

종살이를 하던 언년이에게 듣기로 사내라는 족속은 취향이 제각각이기 때문에 꼭 아름답다고 해서 마음에 들어 하는 것은 아니라고 들었다.

하지만 하루를 겪고 이틀을 겪자 알 수 있었다.

임금님은 여자에 대한 관심이 없었다.

오히려 정말 임금님이 맞을까라는 의문이 들 정도로 허술한 면도 많이 보였다.

[이 많은 음식을 나 혼자 먹으라고? 돼지가 되라는 것이냐?]

[그 혹시 세상에 무공 비급 같은 게 있을까?]

[흠흠, 궁궐에서 잠시 농땡이 필 수 있는 장소가 있느냐?]

처음에는 당황스러웠지만, 시간이 지나자 다른 사람과 같은 모습에 몰래 웃음을 짓기도 했다.

"궁궐에 들어올 때까지만 해도 임금님은 피도 눈물도 없는 괴물이라고 생각했었으니까."

하지만 임금님도 사람이었다.

아니, 오히려 더 사람다웠고 따듯했다.

그랬기 때문에 처음으로 선물을 주셨을 때 너무나 기뻤고 자객들이 임금님을 죽이려 했을 때 미치도록 화가 났다.

질끈.

그날의 일이 떠오르자 수향이 반사적으로 입술을 깨물었다.

'나는 너무 약해.'

만약 그날, 임금님 손에 그 신묘한 물건이 없었으면, 자객들의 손에서 자신은 임금님을 지키지 못했을 것이다.

그것이 너무나도 화가 나고 분했다.

그래서 스승님을 만나고 꾸기 시작했던 꿈마저 바꿨다.

이 조선에서 제일 강한 사람이 되는 것에서 그분을 지킬 수 있는 사람이 되고자 말이다.

"후우."

하지만 정작 그분은 오히려 당황스러운 모습을 보여줬다.

기뻐하지는 않으셔도 미소 정도는 지어줄 것이라 생각했기 때문에 혼란스럽기도 했고 속이 상했다.

그래서 본분에 어긋나는 일임에도 의금부로 가시는 길에 동행하지 않았다.

하지만 지금 생각해보니, 이는 참으로 바보 같은 짓이었다.

애초에 자신이 모시는 분은 이 나라 조선의 주인이다.

천하기 짝이 없는 자신이 감히 서운함을 느껴서는 되지 않는 분이었다.

"……그래, 지금이라도 가자. 가서 용서를 비는 거야."

크게 숨을 들이 쉰 수향이 고개를 끄덕였다.

시간이 그리 많이 지나지 않았으니, 지금쯤이면 아직 의금부에 계실 게 분명했다.

조금만 빠른 걸음으로 가면 의금부, 그게 아니더라도 돌아오시는 길에 만날 수 있을 확률이 높았다.

"일단은 임금님을 뵙고 용서를 구한 다음에 사실은 그저 옆에서 지켜드릴 수만 있어도 만족하다고 말하는 거야.

그런데 혹시 이상하게 생각하시는 것은 아니겠지? 그냥 원래 꿈이 검동이었다고 할까? 아니야. 이건 거짓말을 하는 거잖아. 그러면, 내금위장 말고 그냥 내금위가 되고 싶다고 할까?"

저벅저벅.

머리를 긁적거리며 수향이 궁궐 바깥으로 향하는 입구인 돈화문(敦化門)을 향해 걸음을 옮길 때였다.

크아악!

바람을 타고 귓가에 비명소리가 들려왔다.

그리고 뒤이어서 들려오는 것은 사내들의 다급한 목소리였다.

"마, 막아라!"

"서둘러 안에 기별…… 아악!"

"괴, 괴물이다! 저 녀석은 괴물이야!"

이런저런 생각과 함께 걸음을 옮기던 수향의 표정이 가라앉았다.

돈화문은 바깥에서 궁궐로 들어오는 첫 번째 문이었다.

당연히 문을 지키는 병사들은 훈련도감에 소속된 자들로 그들은 포졸들과는 달리 체계적으로 훈련을 받는 병사들이었다.

그런데도 이런 소란이 일어났다는 것은 지금 벌어지고 있는 일이 보통일이 아니라는 것이었다.

"설마 또 자객이?"

타앗.

안색이 굳어진 수향이 재빨리 땅을 박차고 돈화문을 향해 달려갔다.

돈화문을 지키는 훈련도감군 소속의 병사들이 한 명의 사내를 포위한 채 공포에 질린 표정을 짓고 있었다.

"흐흐."

반면, 정작 그들에게 포위된 사내는 지금의 상황이 마치 재미있다는 얼굴이었다.

사내가 자신을 포위한 훈련도감군의 병사들을 살펴보고는 말했다.

"네놈들 따위로는 나를 막을 수 없다."

"미치려면 집안에서 곱게 미칠 것이지. 감히 이곳이 어딘 줄 알고!"

어깨에 붉은 띠를 두르고 있는 훈련도감군의 사내가 앞으로 나섰다.

그는 종9품의 초관(哨官)으로 현재 돈화문을 지키는 병사들을 통솔하는 이립이란 사내였다.

"낄낄. 뭐, 어차피 목적은 쌓였던 스트레스를 푸는 것이니까."

이립을 쳐다보던 사내가 히죽거렸다.

그리고는 곧장 땅을 박차고 가장 가까이에 있던 훈련도감군의 병사를 향해 달려들었다.

“어? 어?”

당황한 병사가 재빨리 사내를 향해 겨누고 있던 창을 내질렀다.

좌악!

하지만 들리는 것은 공기를 찌르는 소리였고 창을 잡은 손아귀에는 아무런 느낌이 없었다.

“피해라!”

뒤늦게 초관인 이립의 목소리가 들렸다.

“예?”

당황스러운 반문.

그것이 훈련도감군 소속의 병사였던 그가 살아생전 이승에서 마지막으로 듣고 내뱉은 목소리였다.

두둑.

장내에 뼈가 부러지는 소리가 울려 퍼졌다.

“저, 저놈이!”

순식간에 목이 부러지며 숨이 끊어진 병사를 확인한 이립이 경악 어린 목소리를 토했다.

임금님이 계신 궁궐 앞에서 살인이라니.

감히 상상도 할 수 없는 일이었다.

반면, 사내는 주변에서 떠드는 소리와 상관없이 만족스럽다는 표정을 짓고 있었다.

"음, 나쁘지 않아. 이제야 좀 짜증났던 기분이 풀리네."

꽤 많은 시간을 참았기 때문일까? 손아귀에서 느껴지는 감촉이 제법이었다.

"자, 그럼……."

털썩.

반대 방향으로 목이 꺾인 병사의 육신을 땅바닥으로 내동댕이친 사내가 주변을 훑어봤다.

꿀꺽.

누구의 것인지 알 수 없는 침 넘김 소리가 흘러나왔다.

포위를 하고 있는 것은 훈련도감군 소속의 병사들이었지만, 정작 상대의 기세에 압도당하고 있는 것 또한 그들이었다.

"크큭. 그렇게 겁을 먹고 있으면 재미가 없잖아. 아! 그래. 너희들 내가 제안을 하나할까?"

"……?"

"이대로 나를 임금에게 데려다주면, 너희들 목숨은 살려주지. 어때?"

"뭐?"

"살고 싶으면 나를 임금에게 데려가란 말이다. 아니면, 임금이란 자를 내 앞으로 데려와도 좋고 말이야."

"닥쳐라 이놈! 네놈이 미쳐도 아주 단단히 미쳤구나. 지금 네놈이 무슨 소리를 하는 것인지 알고나 있는 것이냐?"

임금님이란 단어가 흘러나오자 이립의 입에서 호통소리가 터져 나왔다.

그 모습에 사내가 손가락으로 귀를 후비며 말했다.

"쯧. 그래, 어차피 기대도 안했다. 그렇게 쉬운 일이었으면, 내가 이런 고생을 하지도 않았지. 그년들한테 고개를 숙이지도 않았고 말이야."

사내가 가볍게 목을 좌우로 움직였다.

"그래서 가는 길에 스트레스나 좀 풀고 싶어서 온 건데."

스윽.

몸을 바로 한 사내가 야수와도 같은 눈빛으로 이립을 노려봤다.

"너 이 새끼. 시대에 이름도 한 줄 못 남긴 병신 주제에 내가 누군지 알고 그딴 눈으로 쳐다보는 것이냐?"

탓.

사내가 가볍게 지면을 향해 발을 구름과 동시에 그의 몸이 빛살과도 같은 속도로 이립에게 달려들었다.

펑퍼짐한 그의 체형을 생각하면, 믿을 수 없는 속도였다.

"이잇."

깜짝 놀란 이립이 재빨리 보폭을 넓혀 자세를 잡고는 들고 있던 장검을 횡으로 그었다.

'놈! 단숨에 베어주마!'

비록 말단인 종9품의 벼슬이라고는 하지만, 엄연히 이립 또한 무과(武科)에 합격한 인재였다.

더욱이 병사를 통솔하고 궁궐을 지키는 초관은 다른 종9품과는 비교할 수 없을 만큼 위세가 있었다.

그랬기 때문일까?

이립은 자신이 휘두른 검에 눈앞의 사내가 피를 토하며, 쓰러질 것을 의심하지 않았다.

하지만 문제는 상대가 일반적인 상식으로는 생각할 수 없는 사람이었다는 것이다.

척!

"지금 이것도 검이라고 휘두른 것이냐?"

"이, 이럴 수가."

이립이 경악 어린 표정으로 자신의 검을 쳐다봤다.

좀 더 정확히 말하자면, 사내의 두 손가락에 잡혀 있는 검신이었다.

"이이……."

검을 잡은 손에 애써 힘을 줘봤지만, 사내의 손가락에 잡혀 있는 검은 그야말로 요지부동이었다.

짧은 사이 이립의 전신에는 땀이 비 오듯 흘러내렸다.

"하! 어이가 없네. 성문을 지키는 군관이 고작 이정도 수준이었으면, 처음부터 차라리 내가 움직일 것을. 그년만 아니었어도…… 젠장.”

짜증 어린 표정을 짓는 것도 잠시였다.

사내가 검신을 부여잡은 손가락을 비틀었다.

채챙!

동시에 한성의 이름 높은 대장장이가 수천 번을 두드려 만들었던 검이 마치 엿가락 부러지듯 부서지며 산산조각이 났다.

“이 개자식이!”

이립의 입에서 욕설이 튀어나왔다.

방금 부러진 검은 자신이 무과에 합격하던 그날, 부모님이 나라를 이끄는 장군이 되라고 전 재산을 털어 사주신 검이었다.

잠을 잘 때도 옆에 두고 혹 날이 상하기라도 할까봐 매일같이 관리를 게을리 하지 않았다.

[꼭 이 조선을 호령하는 장군이 될 것이다.]

언젠가 부모님이 사주신 검으로 조선의 이름 높은 장수가 되리라고 매일 같이 다짐했었다.

그렇게 소중히 다뤘던 검이 이름 모를 괴한에 의해 산산조각이 되어 부서져 나가고 있었다.

지금 이 순간 이립은 태어나서 가장 큰 분노를 느꼈다.

“네놈을 결코 가만 두지 않겠다.”

눈동자에 살기가 어린 이립이 검의 손잡이를 손에서 놓았다.

동시에 오른 발을 내딛으며, 왼손을 사내의 옷깃을 향해 뻗었다.

평소 그가 검술보다 자신 있어 하는 무예인 수박(手搏)이었다.

옷깃을 향해 뻗어오는 손길을 확인한 사내의 눈매가 가늘어지며, 입꼬리가 올라갔다.

피식.

"아직도 상황 파악을 못하나 보군."

오른손의 손날을 곧게 세운 사내가 이립의 왼손을 향해 내리치려는 순간이었다.

"……!"

슈악!

바람 소리를 접한 사내가 급히 몸을 뒤로 빼며 세웠던 손날을 앞으로 휘저었다.

텅!

사람의 손에서 나는 소리라고는 믿기 힘든 굉음이 장내에 울려 퍼졌다.

수박을 펼쳤던 이립과 장내를 지켜보던 훈련도감군의 병사는 물론 장본인이라 할 수 있는 사내가 당혹스러운 표정을 지었다.

특히 가장 황당한 것은 사내였다.

자신의 발밑에 처박혀 있는 묵빛의 단도를 잠시 바라보다가 이내 전신을 찔러오는 살기에 고개를 들었다.

"……신기하군. 이 나라는 어떻게 사내보다 여인이 강한 거야?"

돈화문의 안쪽에서 검을 뽑아 들고 달려오는 여인을 확인한 사내가 저릿저릿한 손을 한 번 주무르고는 땅에 박힌 단도를 뽑아 들었다.

그사이 여인은 사내의 코앞까지 당도해 있었다.

사내가 손에 들린 단도를 한 번 확인하고는 말했다.

"네년은 누구냐?"

"그러는 네놈은 누구냐!"

돈화문에서 달려 나온 여인, 수향이 검 끝을 사내의 심장을 향해 겨누며 물었다.

사내가 자신의 손에 들린 단검과 수향을 번갈아 쳐다보더니, 이내 탄식과도 같은 목소리로 중얼거렸다.

"아! 말하지 않아도 알겠다. 네년이구나. 마지막 순간 거사를 방해했다던 그 검동이라는 년이."

"뭐?"

사내가 이죽거렸다.

"네년이지 않느냐. 왕대비에게 단도를 날려 임금을 구해냈다던 검동 말이다."

"……!"

수향의 눈동자가 가라앉았다.

그날 있었던 일을 아는 사람은 다섯 손가락으로 헤아리는 것이 가능했다.

임금님, 왕대비, 그리고 자신과 그 자리에 있었던 자객들.

임금님께서 그날 있었던 일을 함구하라고 했기 때문에 자세한 상황은 수향의 양아버지인 상선 인우조차 알지 못했다.

그런데 생전 처음 보는 기괴하고 낯선 사내가 그 사실을 알고 있었다.

그 사실에서 수향이 추측할 수 있는 것은 하나였다.

"네놈도 그 자객 놈들과 한패구나."

수향의 목소리에 은은한 분노가 깔렸다.

휘릭.

사내가 손에 들고 있는 단도를 돌리고는 붉은 혀를 내밀어 입술을 훔쳤다.

"그래, 이 몸이 바로 그 멍청하기 짝이 없는 자객 놈들을 고용한 장본인 장홍이다."

스스로 신분을 밝힌 장홍이 수향의 전신을 훑어보며 또 다시 혀로 입술을 적셨다.

"……무예가 제법이라고 들었는데, 임금의 옆에서 호위나

하기에는 아깝구나. 몇 년 만 지나면, 아니 지금도 제법 괜찮은데 말이야. 아! 그래서 임금이 검동으로 삼아 옆에 둔 것인가? 낮에는 호위를 맡기고 밤에는 쿵짝쿵짝. 낄낄.”

부르르.

장홍의 시선을 받은 수향은 마치 벌레가 기어가는 것 같은 느낌에 몸을 떨었다.

하지만 그 상황에서도 한 가지 이해할 수 없는 것이 있었다.

‘훈련도감군이 고작 저런 자한테 당했다고?’

장홍이란 사내의 몸은 한 눈에 보기에도 무예를 수련한 자의 것이 아니었다.

펑퍼짐한 뱃살과 힘이 들어가 있지 않은 하체는 앉아서 책만 읽는 선비들에게서나 흔히 볼 수 있는 체형이었다.

그런데도 정예라고 할 수 있는 훈련도감군의 사람들이 제압을 하기는커녕 도리어 당했다.

그 자리에 초관 급의 무관이 있었음에도 말이다.

“저자의 힘이 가히 괴물과도 같습니다. 맨손으로 검을 부러트릴 정도니, 절대 그의 손에 잡히면 안 됩니다.”

수향의 곁으로 다가온 이립이 자신의 부러진 검을 가리켰다.

비록 수향이 나이가 어리다고는 하지만 그의 어투는 반존대에 가까웠다.

이미 궁궐의 사람들에게 임금님의 검동에 관한 얘기는 퍼진 지 오래였다.

또 그 검동이 내금위에 소속된 무관과 겨뤄 이겼다는 소문 역시 파다했다.

종9품의 초관인 이립의 행동이 조심스러운 것도 당연한 일이었다.

"맨손으로 검을 부러트렸다고요?"

이립의 부러진 검을 확인한 수향의 얼굴이 굳어졌다.

그의 말이 사실이라면, 장홍이란 사내는 분명 특별한 힘을 지닌 것이 분명했다.

"왜 못 믿겠으면, 네년의 검도 부러트려 주랴?"

여전히 손 안에서 수향의 단도를 이리저리 돌리던 장홍이 이죽거렸다.

그 모습에 수향이 낮은 목소리로 이립에게 말했다.

"하나 둘 셋 하면, 동시에 공격하는 겁니다."

"네? 합공을 하자는 말입니까? 하지만……."

이립이 망설이는 기색을 보였다.

그 역시 무예를 익힌 사람이었기 때문이었다.

하지만 경회루의 사건 이후, 수향은 무인의 자존심보다 더 중요한 것이 무엇인지를 깨달았다.

"우리는 무인이 아니라 임금님을 지키는 사람들입니다. 부끄러워하실 것 없습니다."

"……!"

이립의 눈동자가 크게 떠졌다.

그리고는 이내 자신의 대답이 얼마나 바보 같았던 것인지를 깨달았다.

고개를 끄덕인 이립이 주먹을 단단히 쥐며 대답했다.

"신호를 하시면 제가 먼저 달려 나가겠습니다."

대답과 동시에 이립은 크게 숨을 몰아쉬었다.

인정하기 싫지만, 장홍은 분명 지금의 자신보다 윗줄의 고수였다.

정면 승부라면, 이길 자신이 없었다.

하지만 자신과 비슷한 수준의 동료가 한 명 더 있다면 해볼 만하다는 생각을 한 것도 사실이었다.

그러나 무인의 자존심이 있었기 때문에 곧장 머릿속에서 그 생각을 지워 버렸다.

'바보 같은 생각이었다.'

만약 수향이 자신의 본분을 깨닫게 해주지 않았다면, 이립은 설사 죽더라도 정면 승부를 고집했을 것이다.

그러나 수향의 한마디가 그 스스로 무엇을 위해 궁궐에 들어왔는지를 일깨워줬다.

무예를 익혀 최고의 무인이 되고 싶었다면, 심사 유곡에 들어가 수련에 집중했을 것이다.

하지만 자신은 이 조선에 이름을 남기는 장수, 또는 임금님을 지키는 무인이 되어 가문을 빛내고 싶었다.

"……갑니다."

나지막한 목소리.

그와 동시에 번개 같은 속도로 옆구리에 매여 있는 검집에서 검을 빼든 수향이 땅을 박차며 장홍에게로 달려들었다.

이립의 움직임 또한 수향의 말이 끝나기 무섭게 시작되었다.

깊게 들이마셨던 숨을 토해낸 이립은 주먹을 으스러져라 쥐고는 발을 굴렀다.

탓!

맹렬한 기세를 뿌리며, 두 명의 무인이 장홍에게로 달려들었다.

하지만 정작 당사자인 장홍은 태연하기 짝이 없었다.

오히려 먼저 달려드는 두 사람을 반기는 눈초리였다.

"놀아 달라면, 놀아줘야지."

피부에 닭살이 돋아날 정도로 서늘한 목소리였다.

그 순간 이립의 눈에 보인 것은 수향이 내뻗은 검을 향해 손을 뻗는 장홍의 모습이었다.

'설마 또?'

이립의 머릿속에 조금 전 자신이 겪었던 치욕이 떠올랐다.

그건 분노를 넘어서 소름에 가까운 경험이었다.

긴장으로 인해 앙다물고 있던 입술이 크게 벌어졌다.

"조심하셔야 합니다!"

머릿속의 상념을 털어내고 이립이 경고를 보냈다.

하지만 그때는 이미 장홍의 입가에 비릿한 미소가 완성된 상태였다.

"늦었다."

검을 내지른 수향이 뒤늦게 이상함을 느끼고 몸을 움찔거리는 찰나였다.

찔러 들어오는 검을 향해 손을 뻗은 장홍이 두 손가락으로 검신을 부여잡았다.

아무것도 모르는 사람이 본다면, 마치 미리 짜놓은 연극을 보듯 자연스러운 행동이었다.

"이잇!"

당황한 수향이 검을 빼내려 했지만, 손가락에 잡힌 검은 꿈쩍도 하지 않았다.

그제야 수향은 처음 이립이 했던 경고가 다시금 떠올랐다.

하지만 설마 그 특별한 힘이 자신에게도 통할 것이라고는 생각하지 않았다.

주의를 하기도 했지만, 본인이 지닌 실력에 대한 자신감 때문이었다.

조선 최고의 무인이었던 그녀의 스승조차 두 손가락만으로 자신의 검을 막아내는 신기는 보여주지 못했다.

"놀라기는 아직 이르지."

장홍의 팔뚝에 푸른 핏줄이 돋아났다.

손가락에 잡힌 수향의 검이 마치 사람처럼 살려달라는 듯 연신 부르르 떨었다.

수향이 계속해서 검을 잡은 손에 힘을 줬지만, 소용없었다.

쩌정! 쩌저정!

이내 장홍의 손에 잡힌 수향의 검이 이립의 검과 마찬가지로 산산조각이 나서 허공에 뿌려졌다.

"……!"

그와 함께 수향의 얼굴에서는 핏기가 사라졌다.

천하를 울린 신검, 이름 높은 장인이 만든 명검은 아니었다.

그래도 저잣거리 대장간에 들러 스승이 처음으로 자신에게 사준 진검이었다.

또한 검에는 지난 십 년간의 추억이 고스란히 담겨 있었다.

그런 검이 눈앞에서 산산조각이 되어 부서지고 있었다.

진한 허탈감과 함께 분노가 일어났다.

"비키십쇼!"

차앗!

그 사이 장홍에게 접근한 이립이 바람을 가르며, 주먹을 내질렀다.

스윽.

가볍게 몸을 뒤로 젖힌 장홍이 이립의 주먹을 피해 냈다.

펑퍼짐한 그의 몸으로는 생각할 수도 없는 유연성이었다.

하지만 이립의 공격은 이제 시작이었다.

이립이 반동을 이용해서 허리를 가볍게 튕기듯 돌리더니, 연이어 발차기를 날렸다.

애초에 수박은 전신을 이용해서 상대를 공격하는 무예였다.

펑! 펑!

공기를 터트리는 것 같은 힘 있는 소리가 장내에 울려 퍼졌다.

"흥."

피하기가 여의치 않은 장홍이 양손을 모아 가슴과 얼굴 앞을 가로막았다.

퍽! 퍽!

연달아 둔탁하게 울려 퍼지는 소리에 이립의 입가에 회심의 미소가 걸렸다.

"좋았어!"

분명 발에 제대로 들어갔다는 감촉이 느껴졌다. 이 정도라면, 최소한 근육이 찢어졌거나 뼈에 금이 갔을 중상이었다.

"병신."

하지만 정작 공격을 받은 장홍의 입가에는 여전히 비릿한 미소가 걸려 있었다.

그 모습에 불길함 느낌을 받은 이립이 재빨리 몸을 뒤로 빼려는 순간이었다.

어느 틈이라고 말할 사이도 없이 날아온 장홍의 주먹이 그대로 이립의 가슴팍을 가격했다.

"컥!"

단발의 비명이 터져 나왔다.

뒤이어 무언가가 부러지는 소리가 이립의 귓가에 잡혔다.

빠직!

십 년이 넘는 세월이 넘는 동안 무예를 수련하면서 뼈 한 번 부러져 본 적이 없었을까?

이립은 귓가에 들리는 소리와 가슴에서 느껴지는 통증에 이를 악물었다.

'두 대, 아니 세 대 이상이다.'

갈비뼈가 부러져도 아주 제대로 부러졌다.

당장 호흡이 막혀 왔고 이마에는 땀방울이 송골송골 맺혔다.

"쿨럭……쿨럭……."

토해낸 기침 사이로 핏물이 섞여 나왔다.

지금부터는 몸을 자칫 잘못 움직이면, 부러진 갈비뼈가 심장을 찌를 수도 있었다.

하지만 이립의 입가에는 상처를 입은 사람이라고 보기에는 힘든 미소가 걸려 있었다.

'살은 내줬으나 뼈를 취했다.'

이립의 시선이 향한 곳은 장홍의 양팔이었다.

"하! 새끼, 발길질 한 번 거치네."

장홍이 퉁퉁 부어 있는 자신의 팔을 쳐다봤다.

고작 발길질 몇 번 막았을 뿐이었다.

하지만 뼈가 부러졌는지 그 짧은 사이 옷이 찢겨지고 파랗게 색이 변해 퉁퉁 부어 있는 팔뚝이 보였다.

고통 또한 여간 심한 게 아니었다.

가볍게 부는 바람에도 찔끔찔끔 눈물이 나올 것 같았다.

"쯧. 정말 역대급으로 쓰레기 같은 몸이라니까."

고개를 좌우로 흔든 장홍이 인상을 찌푸리더니, 고통을 애써 참고는 부러진 팔을 호주머니 속으로 집어넣었다.

이윽고 주머니 속에서 장홍이 꺼내 든 것은 붉은 빛깔이 감도는 작은 알약이었다.

톡!

알약을 입안으로 던져 넣은 장홍은 입안에 고인 침을 물로 삼아 그대로 삼켰다.

"역시 효과 하나는 끝내주는군."

불과 몇 초 만에 팔뚝에서 느껴지던 고통이 거짓말처럼 사라졌다.

고통으로 입해 일그러졌던 장홍의 얼굴 역시 언제 그랬냐는 듯 미소를 되찾았다.

"뭐, 뭐야?"

"이럴 수가……."

장홍의 행동을 지켜보던 수향과 이립의 얼굴이 창백해졌다.

두 사람이 믿을 수 없다는 눈빛으로 장홍의 팔을 바라봤다.

분명 조금 전까지만 해도 뼈가 부러져 퉁퉁 부었던 팔뚝이었다.

하지만 지금은 언제 그랬냐는 듯 멀쩡한 모습이었다.

만약 팔뚝 부근에 찢어진 옷이 아니었다면, 꿈을 꾸었던 게 아닌지 의심을 했을 것이다.

장홍이 멀쩡해진 자신의 양팔을 어루만지며 중얼거렸다.

"임무도 망했는데 이래저래 적자투성이네. 어차피 이렇게 된 거 그냥 강행돌파 한번 해봐?"

장홍이 돈화문 안쪽의 궁궐을 향해 시선을 돌렸다.

그 눈빛을 확인한 수향은 정신이 번쩍 들었다.

잠시 검을 잃은 슬픔에 잊고 있었지만, 상대가 어떤 목적으로 이곳에 나타났는지를 다시 깨달은 것이다.

퉁.

수향이 손잡이만 남은 검의 도올을 바닥에 버렸다.

그리고는 가슴을 부여잡고 주저앉아 있는 이립의 앞으로 한 걸음 나섰다.

"무관께서는 몸을 살피세요."

"하지만……."

"어차피 지금 몸으로 움직이는 건 무리입니다."

"……."

이립은 반박할 수 없었다.

수향의 말이 사실이었기 때문이었다.

지금에서는 뼈를 취하기는커녕 장홍에게 살만 내준 꼴이었다.

수향의 행동을 확인한 장홍이 혀를 차며 말했다.

"쯧쯧. 혼자서 상대하려고? 어차피 네년은 내 상대가 못된다. 그리고 내 목적은 임금뿐이니, 서로 괜히 힘을 뺄 필요가 있을까? 목숨이 아까운 줄 알면 그냥 비켜라."

"살면서 목숨 따위가 아까운 적은 없어."

"뭐?"

"먹을 것이 없어 구걸을 할 때도, 생전 처음 보는 이가 부모가 되었을 때도, 여인의 몸으로 검을 배웠을 때도, 언제나 죽을 수 있다고 생각했다. 그래서 나는 단 한 번도 내 천한 목숨 따위를 아까워 한 적이 없어."

"흥, 웃기지 마라. 세상에 죽음을 두려워하지 않는 인간 따위는 없다."

코웃음을 친 장홍이 말도 안 된다는 표정으로 수향을 노려봤다.

하지만 그 눈빛을 받은 수향은 태연하기 짝이 없었다.

"장홍이라고 그랬지? 똑똑히 들어라. 내가 두렵고 무서웠던 건 죽는 게 아니라 꿈을 꾸지 못하는 거였다. 하지만 꿈을 꿀 수 있는 지금의 내게 두려운 건 그 꿈을 꿀 수 있게 해주신 분을 지키지 못하는 거야. 그러니, 설령 이곳에서 죽더라도 네놈이 돈화문을 넘어가게 두지는 않을 것이다."

수향의 전신에서 무시무시한 기세가 뿜어져 나왔다.

그 기운은 바로 옆에서 몸을 추스르고 있는 이립조차 놀랄 지경이었다.

하지만 정작 그 기운을 느끼지 못하는 것인지, 장홍의 표정에는 별다른 변화가 없었다.

"건방진 계집이 괴변을 늘어놓는구나. 그래, 정말 죽음 앞에서도 그리 말할 수 있는지 한 번 보자. 우선은 네년의 다리부터다."

장홍이 앞서 가지고 있던 수향의 단도를 치켜세우는 순간이었다.

[멈춰!]

거대한 힘이 담긴 목소리가 천지를 뒤흔들었다.

“크윽. 이게 뭐야?”

몸의 중심을 잃은 장홍이 비틀거렸다.

그 뿐만 아니라 수향과 이립 또한 마찬가지였다.

두 사람 또한 숨이 막히는 것과 같은 표정을 지었다.

“우욱.”

“웩!”

급기야 장홍을 포위하고 있던 훈련도감군의 병사들은 헛구역질을 내뱉으며 자리에 주저앉았다.

이 모든 것이 단발의 목소리가 들려온 직후 벌어진 일이었다.

“대체 어떤 놈이냐!”

장홍이 목소리가 들려온 방향을 향해 몸을 돌렸다. 소리의 주인을 찾기 위해서였다.

슈아악!

공기를 찢고 날아오는 날카로운 파공성이 들려왔다.

퍽!

“어?”

단도를 들고 있던 장홍의 시선이 자신의 어깻죽지로

향했다.

그러자 어깻죽지를 관통하듯 깊게 박혀 있는 화살이 보였다.

"크, 크악"

양팔이 부러져도 비명 한 번 내지르지 않았던 장홍이 인상을 찌푸리며 비명을 토해냈다.

그만큼 살갗을 찢고 깊숙하게 박힌 화살촉은 지금까지 겪은 그 어떤 고통보다 통증이 극심했다.

오히려 과거 총에 맞았던 고통이 괜찮을 정도였다.

물론 그때의 몸과 지금의 몸은 꽤 차이가 있지만 말이다.

"이…… 어떤 빌어먹을 자식이 감히!"

화살촉이 박힌 팔을 부르르 떨며, 장홍의 시선이 어깻죽지에서 정면으로 향했다.

자신에게 참을 수 없는 고통을 선사한 범인을 찾기 위해서였다.

"응?"

하지만 정작 시선을 움직인 장홍의 표정에는 물음표가 생겼다.

생각지도 못한 옷을 입고 있는 사람을 발견했기 때문이다.

"저건 용포? 잠깐만…… 조선에서 용포를 입을 수 있는 사람이라면, 임금이잖아?"

순간, 고통에 인상을 찌푸리고 있던 장홍의 입가에 한줄기 미소가 걸렸다.

"크크, 이거야 원. 마지막에 하늘이 이 몸에게 기회를 주는구나."

의금부에서 볼일을 마치고 궁궐로 복귀하는 길이었다.

왜국에서 들어온 자명종으로 시간을 확인한 내관이 고개를 숙이며 말했다.

"전하, 벌써 정오시(오후 12시 30분)입니다. 궁에 도착하시면 곧장 수라부터 올리라 하겠습니다."

"그렇게 하게."

내관의 말을 들으니, 때마침 뱃속에서 허기가 느껴졌다.

"그리고 점심은 검동 수향과 같이 먹을 것이니 그녀도 부르도록 하게나."

"예, 전하."

고개를 끄덕이고는 상태 창을 호출해서 남은 임무 시간을 확인했다.

[임무 완료까지 남은 시간은 30시간입니다.]

이제 임무 완료까지 남은 시간은 이틀이 채 되지 않았다.

지난 시간 동안 제법 긴장이 되는 일도 많았지만, 사실 신분이 신분이었기 때문에 비교적 쉽게 해결된 일도 많았다.

만약 내가 깃든 정착자가 조선 시대의 노비였고 지금과 같은 임무를 부여받았다면, 애초에 뭔가를 시도해보기도 전에 끝이 났을 것이다.

노비라는 신분으로 조선의 임금을 만나는 것 자체가 불가능했기 때문이다.

아니, 막말로 정상적인 방법으로는 궁궐의 입구조차 통과하지 못했을 것이다.

하지만 하늘님의 아들이라고 불리는 왕의 자리에 있었기 때문일까?

이번 임무는 경회루의 사건을 제외하고는 그리 큰 굴곡은 없다고 할 수 있었다.

이제 남은 건 내가 이산의 몸으로 저지르고 만들었던 인연에 대해서 어느 정도 정리를 하는 것과 현대로 돌아갈 내게 도움이 될 법한 것들을 찾는 것 정도라고 생각했다.

적어도 돈화문 앞에서 들려오는 목소리를 듣기 전까지는 말이다.

[장홍이라고 그랬지? 똑똑히 들어라. 내가 두렵고 무서웠던 건 죽는 게 아니라 꿈을 꾸지 못하는 거였다. 하지만

꿈을 꿀 수 있는 지금의 내게 두려운 건 그 꿈을 꿀 수 있게 해주신 분을 지키지 못하는 거야. 그러니, 설령 이곳에서 죽더라도 네놈이 돈화문을 넘어가게 두지는 않을 것이다.]

"응? 이 목소리는……."

분명 귓가에 들리는 목소리는 수향의 것이었다.

걸음을 재촉해서 걷자 제일 먼저 눈에 들어온 것은 훈련도감군 소속의 병사들이었다.

그리고 그 뒤로 수향과 대치 중인 낯선 사내의 모습이 보였다.

수향이 외쳤던 목소리에 의하면, 분명 그가 장홍이라는 자일 것이다.

"왜 저러고 있는 거야?"

자세한 상황은 알 수 없지만, 척 보기에도 심상치 않은 상황이 전개되고 있다는 것 정도는 바로 알 수 있었다.

더욱이 장홍의 손에는 한 자루의 비수가 들려 있었다.

그 특이한 외형 때문에 비수의 정체를 알아차리는 것은 어려운 일이 아니었다.

"저건 삼신도잖아?"

연이어 궁금증이 치밀어 오를 무렵, 장홍이 삼신도를 수향을 향해 던지려는 자세를 취했다.

"저 자식이!"

생각할 것도 없이 옆의 내금위를 향해 손을 뻗었다.

"활과 화살을 주게."

"전하?"

"어서!"

당황한 내금위가 황당한 표정을 짓는 것도 잠시였다.

이내 어깨에 걸치고 있던 활과 화살을 내게 내밀었다.

척.

손아귀를 타고 익숙한 느낌이 전해져 왔다.

비록 나는 단 한 번도 제대로 활을 쏴 본 적이 없지만, 이산의 몸은 수천수만 번의 활시위를 당겼다.

비록 조선을 세운 신궁 태조 이성계에 비할 바는 아니겠지만, 조선을 통틀어 활솜씨라면 그 어디 내놔도 빠지지 않던 위인이 바로 이산이었다.

그리고 동기화가 50%를 넘어가면서 그 경험은 고스란히 내 기억 속에 자리한 상태였다.

하지만 내가 화살을 활시위에 걸어갈 무렵 삼신도를 든 장홍의 손은 벌써 움직이고 있었다.

'이대로는 늦는다.'

직감적으로 알 수 있었다. 내가 활시위를 당기는 순간 삼신도는 장홍의 손을 떠나고 난 직후일 것이다.

"아주 잠깐의 시간을 벌어줄…… 아!"

머릿속에 떠오른 생각은 동기화 50%를 달성하면서 개화된 이산의 특성 패기였다.

〈패기〉

고유: Passive

등급: A+

설명: 어떤 어려운 일이라도 이겨내는 강인하고 굳센 힘과 정신입니다.

수많은 암살 위협과 불행에도 불구하고 포기하지 않고 주변과 스스로를 이겨내어 끝내 왕좌에 오른 이산의 고유 특기입니다.

효과: 자신이 지닌 기운으로 상대를 일시적 무력화 상태에 빠트립니다. 기운의 차이에 따라서 무력화 상태의 차이가 달라집니다. 단, 자신보다 강한 기운과 의지를 지닌 상대에게는 통하지 않습니다.

A+ 등급의 패기는 기운만으로 주변 대상을 제압하는 기술이었다.

입술을 질끈 깨물고는 삼신도를 든 장홍을 향해 시선을 집중했다.

특성을 사용하는 방법은 이미 다수의 여행을 통해 완벽히 숙지하고 있는 상태였다.

목표 대상을 정하고 머릿속으로 사용할 특성을 생각하기만 된다.

몸속 깊은 곳에서부터 힘을 끌어 올리는 느낌을 담아

입을 열었다.

"멈춰!"

[특성 패기가 사용됐습니다.]

파아앗!

패기가 사용됐다는 메시지와 함께 주변 공기의 흐름이 바뀌었다.

"크윽."

"우읍."

동시에 훈련도감군의 병사들이 헛구역질을 하며 주저앉는 모습이 시야에 들어왔다.

조금 전 사용한 특성 패기의 영향 때문이었다.

하지만 그 짧은 순간 내 눈에 비친 것은 삼신도를 든 자세로 움찔거리는 장홍의 모습이었다.

'지금이다!'

손끝으로 잡고 있던 시위를 놓자 부러질 것처럼 팽팽했던 활의 시위가 제 모습을 찾았다.

그와 함께 시위에 걸려 있던 화살이 허공을 가르며 빛살과도 같은 속도로 장홍을 향해 날아갔다.

퍽!

허공을 가르며 날아간 화살은 정확하게 장홍의 어깻죽지에 박혀 들어갔다.

“크악!”

장내에 울려 퍼지는 비명은 화살에 어깨가 관통당한 장홍의 것이었다.

퉁-

그의 손에 들려 있던 삼신도는 어느새 땅바닥을 뒹굴고 있었다.

“됐다.”

활을 날린 목적은 성공했다.

하지만 아직 모든 상황이 끝난 것은 아니었다.

조금 전 내가 봤던 상황.

그것은 고작 장홍 혼자에게 수향과 더불어 훈련도감군의 무관과 병사들이 밀리던 모습이었다.

그가 평범한 실력을 가진 사내였다면, 그와 같은 일을 저지를 수 있을 리 만무했다.

또 그런 실력을 지녔다면, 화살 한 대에 무기력하게 무너지지도 않을 것이다.

“검을 빌리겠네.”

“예?”

반사적으로 내 손을 막으려던 내금위가 멈칫거리며, 뻗던 손을 뒤로 물렸다.

무인에게 있어 검은 자신의 목숨과 같았다.

이 때문에 자신의 검을 준다는 것은 곧 목숨을 맡긴다는 것과 일맥상통했다.

즉, 주인 있는 검에 함부로 손을 댄다는 것은 목숨을 건다는 뜻이었다.

하지만 내금위는 조선의 주인, 임금을 지키기 위해 목숨을 거는 호위였다.

이미 목숨을 걸었으니, 목숨과 같은 검을 내준다고 한들 문제가 될 것은 없었다.

스르릉.

맑은 검명 소리와 함께 손아귀에 차가운 도올의 감촉이 전해졌다.

그 사이 화살촉에 어깻죽지를 관통 당한 장홍의 시선은 나를 향하고 있었다.

"지금 상황에서 웃어?"

황당한 것은 날 보고 있는 장홍의 입가에 미소가 걸려 있다는 것이었다.

한 겨울 차가운 물을 끼얹은 것 마냥 등줄기가 서늘해졌다.

하지만 고개를 흔들고 다시 바라보니, 조금 전의 느낌이 거짓인 것 마냥 아무런 느낌도 들지 않았다.

마치 비가 오는 한 여름에 잠깐 동안 귀신에게 홀린 것 같은 기분이었다.

'이거 기분이 영 찝찝한데.'

하지만 지금 상황을 그대로 지켜보는 것 또한 마음이 내키지 않는 것은 마찬가지였다.

"……."

날 바라보고 있는 수향의 눈빛이 걸렸기 때문이었다.

이대로 내금위들을 시켜 상황을 정리하면, 왠지 그녀의 눈빛이 두고두고 머릿속에 남을 것 같았다.

'후우, 그러게 아침에 왜 그런 모습을 보여 가지고는.'

깊은 한숨이 흘러나왔지만, 이제 와서 후회를 한다고 해서 되돌릴 수 있는 일은 아니었다.

결국, 가슴 속의 찝찝한 기분을 털어내기 위해서는 내가 직접 움직이는 수밖에 없었다.

탓!

"……앞장 설 테니 자네들도 뒤를 따르게."

내금위들의 입에서 대답이 흘러나오기도 전에 땅을 박차고 몸을 날렸다.

수향과 대치중인 장홍이 서 있는 곳은 내가 있는 곳에서 대략 50보 정도의 거리였다.

현대의 거리로 따지자면 대략 100m 남짓이다. 호흡을 몇 번 들이마시는 사이 장홍과의 거리는 순식간에 좁혀졌다.

그 사이 달려오는 내 모습을 지켜보던 장홍의 입가가 달싹거렸다.

"뭐?"

순간, 알 수 없는 불길한 느낌이 내 뇌리를 관통했다.

달싹거린 장홍의 입모양이 내게 그대로 읽혔기 때문이었다.

[체.크.메.이.트]

"……체크메이트라고?"

Checkmate. 체스에서 유래된 단어로, 완벽하게 이긴 상황을 뜻하는 관용어였다.

문제는 지금의 조선 시대에는 이런 단어를 사용할 수 있는 사람이 존재하지 않는다는 것이다.

만약 조선시대에서 이 단어를 사용할 줄 아는 사람이 있다면, 그는 분명 이 세계의 사람이 아닐 것이다.

동시에 내 머릿속에 떠오른 것은 임무 창에 남아 있는 1/2라는 알림이었다.

"설마 저 녀석이 하나 남은 대적자?"

수향과 대치하고 있던 장홍이 미나코가 떠나고 난 뒤 남은 마지막 대적자라면, 지금의 상황은 모두 이해가 된다.

아이템의 힘을 사용한다면, 홀로 수향은 물론 훈련도감군을 압도하는 것도 무리는 아니었다.

"이잇."

온 몸의 피가 단숨에 차갑게 식어 내려갔다.

실수? 아니 방심이었다.

감정에 취해 상황을 제대로 파악하지 못한 것이다.

급히 달려가던 걸음을 멈추려던 찰나였다.

씨익.

장홍의 입가에 악귀와도 같은 미소가 걸리더니, 그가 자신의 어깻죽지에 박혀 있는 화살촉을 그대로 부러트렸다.

그리고 그 순간 내 시선이 꽂혀 있던 장소에서 장홍의 모습이 거짓말처럼 사라졌다.

"……!"

서둘러 주변을 두리번거렸지만, 장홍의 모습은 그림자조차 보이지 않았다.

그러다 갑작스레 하늘의 태양이 사라지듯 어두워졌다는 느낌에 반사적으로 고개를 들었다.

순간적으로 사라졌던 장홍은 바로 그 허공에 있었다.

오른 손에 화살촉을 들고 있던 장홍이 만족스러운 표정으로 입을 열었다.

"이걸로 끝이다!"

심장을 노리고 찔러오는 화살촉을 바라보며, 극히 짧은 순간 수많은 생각이 머릿속에 스쳐 지나갔다.

처음 이산이 됐을 때부터 상선 인우를 만나고, 뒤이어 검동 수향과 인연을 맺었다.

경회루에서는 다른 여행자이자 대적자인 미나코와 조우했고 알지 못했던 정보에 대해서도 들을 수 있었다.

그리고 이산의 특성인 패기를 얻었으며, 의도하지는 않았지만 조선의 한상에 뿌리 깊게 박혀 있던 불순 세력을 척결함으로 이 시대 백성들에게 참된 임금이란 소리마저 듣게 되었다.

이것이 모두 일주일이 채 되지 않는 시간 동안 벌어진 일들이었다.

하지만 이 모든 것들 단 한 번의 방심으로 잘못된 결정을 내리면서 물거품이 되려 하고 있었다.

'젠장, 이대로 절대 이산을 죽게 만들 수는 없어. 게다가 아직 그 아이에게 선물도 주지 못했다고!'

우습게도 마지막 순간 떠오른 것은 이산과 수향의 얼굴이었다.

빠드득.

이를 악물고 몸을 비틀었다.

이미 검을 휘두르기에는 늦었다.

검으로 장홍을 베는 것보다 부러진 화살촉이 내 심장에 박혀 드는 것이 빠를 것이다.

그렇다면, 최대한 목숨에는 피해가 되지 않는 부위를 내준다.

애초에 부러진 화살촉으로는 내 목과 팔을 베어낼 수 없다.

가능한 공격은 찌르기.

주요 장기와 급소만 피한다면, 목숨에는 지장이 없을 것이다.

'한 번만 피하면, 뒤는 내금위들이 해결해줄 것이다.'

머릿속의 계산은 끝났다.

남은 건 놈의 공격을 최대한 적은 피해로 받아들이는 것이다.

하지만 내가 간과한 것이 있다.

상대는 평범한 자객이 아닌 여행자라는 사실이었다.

"크하하! 그런 잔재주가 통할 것 같으냐?"

장홍이 오른손에 들고 있던 화살촉을 허공에서 그대로 내던졌다.

그리고 그 빈손에는 거짓말처럼 한 자루의 검이 생겨났다.

타임 포켓과 비슷한 능력을 지닌 아이템의 효과였다.

동시에 내 얼굴에는 절망의 빛이, 장홍의 얼굴에는 희망의 빛이 떠올랐다.

슈악!

절망하며, 심장을 향해 찔러오는 검의 모습에 눈을 질끈 감은 감았다.

겁이 났다기보다는 더는 아무것도 할 수 없는 상황에 포기를 했다는 것이 맞을 것이다.

푸욱.

"……!"

쇠붙이에 살을 찢기고 꿰뚫리는 소리가 귓가에 들려왔다.

하지만 신기하게도 몸에서는 그 어떤 고통도 느껴지지 않았다.

이상함에 감았던 눈을 살며시 떴다.

"수, 수향아?"

시야에 들어온 것은 수향의 얼굴이었다.

핏기 하나 없이 창백한 얼굴.

떨리는 몸을 애써 참아내며, 시선을 내리자 그녀의 몸을 뚫고 나온 검이 보였다.

"아아!"

마치 거짓말처럼 검신의 끝이 그녀의 가냘픈 몸을 비집고 나와 있었다.

"쿨럭."

기침을 하듯 수향의 입이 열리자 핏물이 흘러나와 용포를 적셨다.

"전, 전하. 송구합니다. 소녀 때문에 옷이…… 쿨럭."

"네가…… 네가 왜……."

핏물을 내뱉는 와중에 수향이 애써 미소를 지었다.

"쿨럭…… 소녀, 전하의 검동이지 않습니까? 이리 전하를…… 쿨럭…… 지킬 수 있어 다행입니다."

정작 내 몸에 상처는 하나도 없었다.

하지만 수향을 바라보고 있자니, 그 어떤 상처보다 가슴이 아팠다.

그녀가 어떻게 내 앞에 갑자기 나타났는지는 의문이 들지 않았다.

"운월보……."

일전에 내게 보였던 운월보라면, 짧은 거리쯤은 공간을 가로지를 수 있었을 것이다.

"이, 이년이 또 다시 내 일을 방해하는 것이냐!"

검을 내질렀던 장홍이 황당한 목소리를 토해냈다.

그는 재빨리 내질렀던 검을 회수하려고 했다.

하지만 그보다 수향의 행동이 먼저였다.

덥석!

양손으로 자신의 가슴을 뚫고 나온 검을 수향이 잡았다.

그리고는 수많은 감정이 담긴 눈동자로 나를 쳐다봤다.

"짧은 시간이었지만, 소녀 정말 즐거웠습니다."

"나는……."

"전하를 모실 수 있어…… 쿨럭…… 영광이었어요."

극심한 고통이 분명함에도 수향은 애써 미소를 지었다.

하지만 그와는 다르게 수향의 눈빛에서는 급소도로 생기가 사라져 갔다.

수향은 죽어가고 있었다.

아니, 이대로 둔다면 분명 죽을 것이다.

왕대비를 살린 것으로 내게 더는 급속 치료 알약이 남아 있지 않기 때문이었다.

그리고 이런 생각이 머릿속에 미치는 순간 생전 처음 듣는 소리가 머릿속에 울려 퍼졌다.

뚝!

[경고! 경고!]

[정착자의 감정이 한계치에 도달했습니다.]

[특수한 상황으로 강제로 여행이 종료될 수 있습니다.]

[현재의 상황을 분석합니다.]

[동기화가 일시적으로 100%로 고정됩니다.]

그리고 그렇게 내 눈앞이 온통 검은색으로 물들었다.

Chapter 69. 블랙아웃

그건 아무것도 보이지 않는 어둠이었다.

좌우를 향해 아무리 고개를 돌려도 한 점의 빛조차 보이지 않았다.

그 어둠을 이겨내고자 나는 한없이 달렸다.

달리다 보면, 어딘가에서 빛이 보이지 않을까 생각했었다.

그렇게 얼마나 달렸을까?

어둠의 저편에서 한줄기 빛이 보였다.

정신없이 그 빛을 쫓아 달리기를 수차례.

몇 번이나 넘어지고 일어나기를 반복했다.

빛이 흘러나오는 곳은 여전히 멀었지만, 절대 그곳으로

향하는 걸음을 포기하지 않았다.

여기서 멈춘다면, 평생을 어둠속에 잡아먹힐 것이라는 사실을 알았기 때문이었다,

그렇게 얼마의 시간이 다시 흘렀을까?

점차 빛이 커진다는 생각과 함께 한 사람의 얼굴이 내 시야에 보였다.

그 얼굴은 바로 환하게 웃는 수향의 모습이었다.

번쩍!

검게 물들었던 눈앞이 다시 원래의 색을 찾았다.

그리고 내 눈에 비친 것은 몸과 목이 분리되어 쓰러져 있는 장홍이 모습이었다.

"……?"

영문을 알 수가 없었다.

분명 눈앞이 검은색으로 물들기 전까지만 해도 장홍은 멀쩡한 상태였다.

그런데 정신을 차리니, 그는 목이 잘려나가 있었다.

"대체 무슨 일이 있던 거야?"

시선을 내리니 내 손에 들려 있는 검에 핏물이 흘러내리고 있었다.

손아귀에는 저릿한 감촉이 느껴졌다.

굳이 누군가 말해주지 않아도 알 수 있었다.

몸과 목이 분리된 장홍은 바로 내가 저리 만든 것이

분명했다.

“설마 아까 그 목소리 때문인가?”

눈앞이 검게 물들기 전에 들려왔던 목소리가 어렴풋이 기억이 났다.

분명 정착자의 감정이 한계치에 이르러서 일시적으로 동기화가 100%가 됐다는 알림이었다.

띵-

생각이 꼬리를 물려 할 때 머릿속에 이명이 찾아왔다.

[대적자 임무를 달성했습니다.]

[정산의 방에서 보상이 대폭 상승합니다.]

귓가로 무덤덤하게 들리는 시스템의 목소리였다.

예상대로 장홍은 여행자, 대적자가 맞았다.

“잠깐만.”

임무를 완수하고 보상이 올랐다는 소리에 기쁨은 몰려오지 않았다.

그러한 것은 나중에 신경 써도 늦지 않았다.

재빨리 한걸음 내딛으며 몸을 낮췄다.

“수, 수향아…….”

수향은 몸이 분리된 장홍 옆에 주저앉아 있었다.

장홍의 검은 여전히 그녀의 가슴을 꿰뚫고 나온 상황

이었다.

입가와 옷은 토해낸 핏물로 흥건히 젖어 있었다.

"……."

소방관 제임스의 기억이 떠올랐다.

사고 현장에서 이 정도의 상처라면, 지원 나온 의사들이 검은 끈을 묶어줄 정도로 중한 상처였다.

검은 끈은 의사의 사망 선고와도 같았다.

질끈.

"죽지 마라! 죽으면 안 된다!"

입술을 깨물며 그녀의 얼굴을 향해 손을 내밀었다.

머릿속에는 그녀가 이대로 죽어서는 안 된다는 생각뿐이었다.

만약 수향을 살릴 수 있다면, 임무 따위는 아무래도 좋다는 생각이 들었다.

그리고 바로 그 순간이었다.

부르르.

"저, 전하……."

주저앉아 있던 수향의 입술이 달싹거리며 움직였다.

벅차오르는 기쁨도 잠시였다.

난 그 어느 때보다 큰 목소리로 궁궐이 떠나가라 소리를 내질렀다.

"여봐라! 의원! 당장 의원을 불러오너라!"

◈ ❖ ◈

어의 강명길의 이마가 좁아졌다.

그의 앞에서는 내의원 소속의 의원 두 명이 손을 바삐 놀리고 있었다.

두 의원의 이름은 백응세와 백동규로, 임천 백씨 가문의 사람이었다.

임천 백씨의 대표적인 인물로는 조선 후기 신의(神醫)라 불렸던 백광현이 있으며, 그는 특히 외과적 치료술에 뛰어난 실력을 지녔던 의원이었다.

또한 그는 죽기 직전 자신의 외과적 지식을 집대성한 의서를 가문에 남겼다.

그 의서 덕분에 가문의 후손들은 조선의 이름난 명의들과 어깨를 견줘도 부족하지 않을 실력을 갖출 수 있었다.

백응세와 백동규는 그런 후인들 중에서도 단연 압도적인 실력으로 가진 인물들이었다.

"……백 주부(主簿), 살릴 수 있겠는가?"

강명길이 입술을 살며시 깨물며 물었다.

때마침 의녀가 백응세의 이마에 송골송골 맺힌 땀을 닦아주고 있었다.

"그건 소인도 장담할 수 없습니다."

백응세가 고개를 흔들며 대답했다. 뒤를 이어 백동규가 입을 열었다.

"가슴을 꿰뚫은 검이 심장과 주요 장기는 비껴갔지만, 애초에 피를 너무 많이 흘렸습니다."

"비껴갔다고 해도 이건 단순히 베인 상처들과는 규모가 다릅니다. 시술이 끝나기 전에 숨이 끊어져도 이상할 게 없지요. 솔직히 환자가 일반인이었다면, 벌써 삼도천을 건넜을 겁니다."

의원은 결코 환자의 생사를 장담하지 않는다.

설령 그 환자의 병이 침 하나로 치료될 수 있는 간단한 병이라고 해도 마찬가지였다.

하지만 이 말은 다시 말해서 아무리 중한 병을 가진 환자라고 해도 쉽게 포기하지 않는다는 말과 같았다.

하지만 강명길의 물음에 대답하는 백응세와 백동규의 목소리에는 이미 절망 어린 감정이 담겨 있었다.

차아악!

치료 도중 한 줄기 피가 뿜어져 나왔다.

그 피는 주변을 어지럽힌 것도 부족해 순식간에 백응세와 백동규의 얼굴을 덮쳤다.

깜짝 놀란 의녀가 급히 무명천으로 두 사람의 얼굴을 닦아줬다.

"후우."

그 모습을 지켜보는 어의 강명길이 나지막이 한숨을 내쉬었다.

머릿속에는 조금 전 자신의 양손을 부여잡고 애원하듯 말하던 임금님의 목소리가 생생하게 남아 있었다.

[살리게! 필요한 것은 뭐든 구해다 주겠네. 그러니 무슨 수를 써서라도 반드시 살려야 하네!]

강명길 또한 어의이기 이전에 한 사람의 의원이었다. 어찌 죽어가는 환자를 살리고 싶지 않겠는가?

하지만 내의원의 수장인 그가 보기에도 환자의 상태는 가망이 없었다.

외과 치료 분야에서 조선 최고라고 할 수 있는 백응세와 백동규의 표정이 이미 그런 사실을 말해주고 있었다.

'굳이 그 얘기를 꺼낼 필요는 없겠지.'

이런 그들에게 임금님이 이 환자를 반드시 살리라고 했다고 말한들 변하는 것이 있을까?

오히려 필요 없는 심적인 부담만 줄 뿐이었다.

"하아. 부디 내의원에 피바람은 불지 말아야 할 텐데."

강명길의 머릿속에 최악의 상황이 떠올랐다가 사라졌다.

그만큼 자신의 손을 부여잡던 임금의 목소리가 간절했기 때문이었다.

❖ ❖ ❖

온 몸의 기운은 없고 머리가 멍했다.

눈앞에는 아직도 검에 가슴이 꿰뚫린 수향의 모습이 아른거렸다.

"모두 내 잘못이다. 내가 괜히 나서지만 않았다면, 그녀가 다치는 일도 벌어지지 않았을 것이다."

내금위를 동원해서 장홍을 포박했다면, 수향은 아무런 피해도 입지 않았을 것이다.

대적자인 장홍이 노리던 사람은 나였기 때문이다.

하지만 쓸데없는 자존심으로 부린 오지랖으로 인해 나는 죽을 뻔했다.

또한 그 여파로 수향이 생사의 경계를 오가고 있었다.

"빌어먹을."

참고 있던 욕설이 입 밖으로 흘러나왔다.

의술에 대해서는 문외한이지만, 수향이 입은 상처가 현대의 최신 의술로도 쉽게 치료할 수 없는 중한 상처라는 것은 안다.

하물며 지금은 조선 시대였다.

의료 기기는 물론 의학적인 지식 역시 객관적으로 봤을 때 현대보다 모든 것이 뒤떨어진 상황이었다.

상황이 이 지경이 되니, 급속 치료 알약에 대한 미련이 남았다.

급속 치료 알약만 남아 있었어도 수향의 상처는 완벽히 치료가 가능했다.

하지만 이미 사용하고 없는 것을 아쉬워해 봐야 바뀌는 것은 아무것도 없었다.

"……그리고 그건 대체 뭐였지?"

여러 가지 감정이 뒤섞여 답답할 무렵, 수향이 나 대신 몸을 날렸을 때 찾아왔던 블랙아웃(Blackout) 현상이 떠올랐다.

블랙아웃은 흔히 일시적으로 찾아오는 기억 상실을 뜻하는 단어로, 현대에서는 보통 과음으로 인해 필름이 끊겼을 때 자주 사용된다.

하지만 당시의 나는 한 모금의 술도 입에 대지 않은 상태였다.

또한 귓가에는 정착자의 감정이 한계치까지 도달했다는 목소리가 들렸었다.

즉 수향이 장홍의 검에 베이는 순간, 정착자인 이산의 감정 또한 반응했다는 말이었다.

"그리고 동기화도 100%를 달성했었지."

반면 현재 동기화는 55%에 불과했다. 블랙아웃 현상이 끝나자마자 곧장 본래의 수치로 변경된 것이다.

두 가지 현상은 모두 내가 처음 겪어보는 것들이었다.

"정착자의 감정이 동기화에 영향을 준다는 것은 이미 알고

있었다. 하지만 그래도 이런 식으로 폭주할 수 있으리라고는 생각 못했는데. 젠장! 대체 뭐가 뭔지 하나도 모르겠네."

지금까지 여행을 통해 나름 정립했던 지식의 탑이 흔들리는 느낌이었다.

하지만 명쾌하게 해답을 내려줄 수 있는 사람은 내 곁에 있지 않았다.

"하아."

연달아 한숨을 내쉬다가 남은 시간을 확인했다.

[임무 완료까지 남은 시간은 15시간입니다.]

이제 남은 시간은 만 하루도 되지 않았다.

일주일의 길고 길었던 여행의 끝이 서서히 보이고 있었다.

물론 그 결과가 비록 내가 바라던 좋은 방향은 아니었지만, 그 방향이 나올 때까지 무작정 기다릴 수는 없는 노릇이다.

내가 원하든 원하지 않든, 시간이 종료되면 여행은 끝이 날 것이다.

"……미안하구나."

가슴이 찢어질 것처럼 아프다고 해서 이대로 남은 시간을 허투루 보낼 수는 없었다.

지금이 마지막이지 않은 이상 다음을 위한 준비는 반드시 필요했다.

차악!

입술을 깨물고는 어서대(御書臺) 위에 화선지를 펼쳤다.

그리고는 곧장 벼루에 먹을 갈고 붓을 집어 들었다.

태어나서 붓글씨는 한 번도 써 본 적이 없다.

하지만 수천수만 번 내리 붓글씨를 써왔던 이산의 몸은 아무런 거리낌도 없이 내가 떠올리는 단어들을 화선지에 써 내려갔다.

스읏- 스읏-

그렇게 얼마의 시간 동안 화선지에 빼곡하게 글을 써내려갔을까?

어깨와 손목이 아프다는 생각이 들 무렵.

마침내 화선지 가득 써 내려가던 글을 멈추고 마지막 점 하나를 찍을 수 있었다.

"마지막은 이거다."

손을 뻗어 거북이로 만들어진 옥새(玉璽)로 화선지에 도장을 찍었다.

쾅!

이로써 내가 적은 이 글은 단순한 글이 아니라, 조선의 옥새가 찍힌 공신력을 갖춘 문서가 되었다.

"상선, 밖에 있는가?"

"예, 전하."

드르륵.

문이 열림과 함께 재빠른 걸음으로 상선 인우가 들어왔다.

이미 궁궐에 수향과 관련된 일이 널리 퍼졌기 때문에, 양아버지인 상선 인우의 얼굴은 꽤 수척해진 상태였다.

그 모습을 보니 붓글씨를 쓰느라 잠시 잊고 있던 아픔이 다시 가슴을 괴롭혀왔다.

"……상선, 미안하네."

미안하다는 말에 상선 인우가 납작 엎드리며 입을 열었다.

"전하! 천부당만부당 하신 말씀이옵니다. 그 아이 또한 전하를 위해 자신의 한 몸을 바칠 수 있다는 것에 대해 크게 기뻐했을 겁니다."

"……."

하지만 말을 잇는 그의 목소리는 이미 촉촉하게 젖어 있었다.

양딸이기는 하지만, 수향은 그가 정성과 애정으로 키운 딸이었다.

그런 딸이 사경을 헤매고 있으니, 아버지인 그의 마음은 지금의 나보다 더욱 아프면 아팠지 덜하지 않을 것이다.

"……어의에게 반드시 수향을 살려달라고 말했네. 절대 이대로 그 아이가 헛되이 목숨을 잃게 만들지는 않을 것이야."

"저, 전하. 성은이 망극하옵니다."

"후우, 당연히 그리 해야 할 일이네. 그리고 이리 와서 이것을 받게나."

상선 인우가 다가오자 어사대 위에 놓여 있던 화선지를 내밀었다.

"그 안에 적힌 물건들을 구해 내탕고인 백호에 넣어두도록 하게. 또한, 그 모든 물건에는 봉이라는 글자를 붙여 놓아야 하네."

"그리 하도록 하겠습니다."

상선 인우는 곧장 대답했다.

하지만 만약 그가 화선지에 적힌 물건이 무엇인지 일일이 확인했다면, 이리 쉽게 대답을 하지는 못했을 것이다.

하지만 지금은 굳이 그걸 거론할 때가 아니었다.

그보다 더 중요한 얘기가 남았기 때문이다.

"또 물건을 모두 채워 넣으면, 그곳에 관한 모든 기록을 지우도록 하게."

"그리 하겠…… 예?"

대답을 해나가던 상선 인우가 당황한 얼굴로 나를 쳐다봤다.

"내탕고의 백호에 관한 기록은 빠짐없이 모두 지우라는 말일세."

"……."

"상선, 자네 또한 후임에게 그와 관련된 얘기를 해서는 안 될 것이네."

"하오나 전하. 그곳은 태조대왕께서 훗날 조선이 위기에 빠졌을 때 힘이 되고자 만든 곳입니다. 이미 네 곳 중에서 세 곳이 소실되었는데, 남은 한 곳의 기록마저 파기한다는 것은……."

"그래서 임진년에 그곳이 나라의 도움이 되었던가?"

"……."

"하물며 선조들 중에는 그곳의 정체를 알지 못하던 분들도 계시지 않았는가? 그럼에도 이 조선은 지금까지 이 땅에 건재하고 있네."

"……."

상선 인우가 조용히 입을 다물었다.

지금 내가 하는 말들은 그가 내게 해줬던 말들이었다.

"물론 영원히 그곳을 봉인하겠다는 말은 아니네."

"하오시면?"

"때가 되면, 후인이 그 봉인을 풀고 그곳에 발을 디딜 것이야."

"아!"

짧은 탄성이 터져 나왔다.

상선 인우가 어떤 생각으로 탄성을 터트린 것인지는 알 수 없다.

하지만 분명한 것은 그가 내말을 듣고 생각한 것과 내가 목적으로 하고 있는 것은 다르다는 것이다.

"알겠습니다. 전하께서 하명하신대로 처리하도록 하겠습니다."

"수고 좀 해주게."

상선 인우가 물러나기 위해 뒷걸음질 칠 때였다.

"상선!"

내 부름에 상선이 걸음을 멈추고 고개를 들었다.

그 모습에 내가 애써 빙긋 웃으며 말했다.

"고마웠네."

"예?"

"그냥 이것저것 말이네. 자네에게 많은 신세를 졌어."

진심이었다.

만약 이산의 곁에 있던 인물이 상선 인우와 같은 존재가 아니라, 간신이었다면 나는 처음부터 난관에 빠졌을 것이고 제대로 이산을 지킬 수 없었을 것이다.

그가 있었기 때문에 지금의 이산이 있는 것이다.

단지 고맙다는 말 한마디였지만, 상선 인우가 감동을 받은 것인지 울먹거리는 표정을 짓다가 이내 고개를 푹 숙였다.

"저, 전하 그리 말씀해주시니 송구하옵니다."

"앞으로도 잘 부탁하네."

"예, 전하. 소신 평생 전하를 위해 최선을 다할 것이옵니다."

그렇게 상선 인우와의 짧은 작별을 끝내고 나는 한동안 멍한 상태로 자리에 앉아 있었다.

머릿속에는 지난 일주일 간 벌어지고 겪었던 일들이 영화의 예고편처럼 스쳐 지나갔다.

간혹 그 사이에 지난 여행의 기억들도 마치 자신들을 잊지 말라는 듯 손을 흔들며 다가왔다.

"하필 그런 임무만 아니었어도…… 아니 대적자 같은 추가 임무만 없어도 좋았을 텐데."

한쪽은 사람을 살려야 되고, 다른 한쪽은 그 사람을 죽여야만 했다.

생각해보면, 참으로 얄궂은 임무가 아닐 수 없었다.

서로의 행동에 따라서 자칫 역사가 송두리째 바뀔 수 있기 때문이었다.

"응?"

그러다가 미처 생각지도 못했던 의문이 기억의 저편에서 고개를 쑥하고 내밀었다.

"잠깐, 이건 말이 안 되는데?"

지금까지는 아무런 의심도 하지 않았던 문제였다.

그럴 것이 애초에 의심할 수 없는 방향으로 일이 진행됐기 때문이었다.

하지만 차근차근 생각해보면, 앞뒤가 맞지 않는다.

분명 치명적인 오류라고 할 수 있는 문제였다.

어째서 이런 문제를 지금에서야 떠올랐는지 황당할 지경이었다.

[임무 완료까지 남은 시간은 10시간입니다.]

여행이 종료될 때까지 남은 시간은 이제 반나절도 되지 않았다.

하지만 때마침 떠오른 의문은 거대한 벽이 되어 내 머릿속을 옥죄었다.

Chapter 70. 놓치고 있던 것

숨이 턱하고 막혀왔다.

머릿속에는 오래 전 여행자였던 케이트와 나눴던 대화가 떠올랐다.

[그러니까 업이란 건 네가 여행을 하면서 쌓이게 되는 일종의 무게야. 그리고 그 무게는 방문한 시점의 세계에 얼마나 많은 영향력을 행사했느냐에 따라서 달라지지. 별다른 흔적을 남기지 않고 방문했다가 돌아가는 것이라면, 영혼은 아무런 피해도 입지 않아. 하지만 그와 반대되는 경우라면, 영혼은 파괴되지. 간단히 말해서 죽는다는 거야.]

또 머천트 준은 이런 얘기를 했었다.

[역사를 바꿀 때마다 대가를 대신 받는 제임스의 영혼은 산산조각이 났죠. 그리고 여행이 끝나는 순간 그는 죽었어요.]

가슴 아픈 기억이기는 하지만 이처럼 역사를 바꾸는 일은 목숨 혹은 영혼을 담보로 한다.

아니, 엄밀히 말하자면 행동에 대한 대가를 받는 게 아니라 행동을 하려고 했을 때 대가가 찾아왔다.

이 대가의 크기는 역사에 얼마만큼의 발자취를 남긴 위인인지, 혹은 사건인지에 따라서 달라진다.

그렇다면 조선의 임금이었던 이산은 어떨까?

그를 죽이는 일은 과연 얼마만큼의 업이라고 볼 수 있을까?

확답할 수는 없지만, 적어도 시도를 하는 순간 목숨은 내놓아야 할 것이다.

이산이 죽으면 그 뒤로 태어날 조선의 임금 또한 모조리 사라지는 것이기 때문이다.

그런데 어째서 미나코와 장홍이란 인물은 이산을 죽이려고 했을까?

그들이 조선과는 전혀 상관없는 나라의 후손이기 때문일까?

"아니면 목숨 따위는 아깝지 않았단 거야?"

물론 그런 사람들이 있기는 했다.

역사를 통틀어 대의(大意)를 위해서라면, 목숨을 초개(草芥)와 같이 버리는 위인들은 많았다.

그럼, 미나코와 장홍은 정말 그런 인물이었을까?

"말도 안 되는 소리."

애초에 대의를 위해서였다면, 목적이 같았던 두 사람은 함께 움직였을 것이다.

아무리 봐도 그게 더 임무를 성공할 확률이 높았기 때문이다.

하지만 그들은 서로가 서로를 경계하듯 움직였고 끝내 함께하지 않았다.

그런 이들이 대의를 위해서 자신의 목숨을 담보로 이산을 죽이려고 하지는 않았을 것이다.

그렇다면 결국, 그들은 자신의 이득을 위해서 단순히 임무를 수행한 것이라는 말이 된다.

"하지만 그렇게 되면 역사가 바뀌는 거잖아?"

만약 내가 이산을 지켜내지 못했다면?

수향이 내 대신 장홍의 검을 받아내지 않았다면, 이산은 분명 죽었을 것이다.

그리고 미래의 역사는 바뀌었을 테고 말이다.

"어째서?"

머릿속에서 의문이 꼬리에 꼬리를 물었다.

하지만 아무리 생각해도 떠오르는 가능성은 하나뿐이었다.

"시스템이 강제적으로 역사를 바꾸려 했다는 건가?"

그게 아니라면, 오히려 이산을 지켜야 하는 여행자의 숫자가 더 많아야 했다.

아니, 최소한 같은 숫자라도 되어야 했다.

하지만 정황은 그렇지 않았고 상대 쪽이라 할 수 있는 여행자는 내가 비벼볼 수 있는 수준의 레벨도 아니었다.

질끈.

입술이 앙다물어졌다.

이 문제는 단순하게 넘길 사안이 아니었다.

오늘은 비록 내가 지키는 입장이었지만, 다음에는 반대로 죽여야 하는 입장이 될 수도 있기 때문이다.

"대체 무슨 짓을 벌이고 있는 거냐."

애초에 준을 통해 여행자라는 것이 신의 지루한 일상을 위해서 생긴 일종의 유희였음은 들었다.

쉽게 말해서 절대자의 변덕에 의해서 생긴 놀잇거리라는 셈이었다.

하지만 그렇다고 한들 신 또한 지금과 같은 일을 계획하지는 않았을 것이다.

자칫 나비 효과에 의해서 자신이 창조한 세계 자체가 통째로 사라져 버릴 수도 있기 때문이었다.

"전하, 이조판서 김종수 대감 들었습니다."

수많은 생각을 끊어낸 것은 밖에서 들린 내관의 목소리였다.

"들라하게."

드르륵.

허락을 하자 문이 열리며 이조판서 김종수가 들어왔다.

이조판서는 정2품으로 내무와 인사 담당을 총괄하는 최고위직의 벼슬이었다.

"전하, 부르셨습니까?"

"그래, 내 자네와 함께 가고자 하는 곳이 있어서 불렀네."

"예?"

반문하는 김종수를 뒤로하고 난 내 뒤에 있던 병풍을 치웠다.

병풍의 뒤편에서 모습을 보인 것은 일전의 내탕고의 석실에서 찾아낸 사진참사검이었다.

"저, 전하. 그 검은 무엇이옵니까?"

갑작스레 병풍을 치우고 그 뒤에서 검을 꺼내니, 김종수가 당황한 얼굴로 물었다.

"이 조선의 가장 훌륭한 무인에게 내릴 검이네. 그리고 마지막 작별 선물이기도 하지."

"……."

김종수는 계속 영문 모를 표정만 지었다.

하지만 상관없다.

어차피 지금부터 할 일은 그의 이해를 구하지도 않을 것이고 허락도 받지 않을 것이다.

그저 임금이 내뱉은 말을 증명해줄 증인이 필요했기 때문이다.

이조판서 정도라면, 증인을 삼기에 적당하니까 말이다.

"자네는 나와 함께 갈 곳이 있네."

수향을 치료 중인 의방은 밝혀진 횃불 탓에 한밤중임에도 대낮처럼 환했다.

앞마당에는 의관들과 의녀들이 쉼 없이 바쁜 걸음을 오가고 있었다.

"전하, 이곳은 그 검동이 있는 곳이 아닙니까?"

뒤를 따르던 이조판서 김종수가 조심스레 물었다.

고개를 끄덕인 내가 걸음을 옮기니, 미리 전갈을 받은 어의 강명길이 앞에 나와 있었다.

"전하, 오셨습니까?"

불과 하루 만에 다시 만난 강명길의 얼굴은 눈과 볼이 움푹 들어갔고 얼굴에는 피로가 가득했다.

"상태는 어떤가?"

"……."

"어의 영감! 전하께서 묻고 계시지 않소?"

강명길이 제대로 대답하지 못하자 뒤에 있던 김종수가 채근하듯 물었다.

"상태가 어떠냐고 물었네."

다시 강명길에게 수향의 상태를 물었다.

마음속 한 가닥의 기대도 없다면, 거짓말일 것이다.

머릿속에는 혹시 라는 희망의 감정이 양손을 잡고서 강명길의 입술을 바라보고 있었다.

"……최선을 다했습니다."

죽었다는 말도 살았다는 말도 아니었다.

하지만 떨리는 그의 목소리를 통해서 지금의 상황이 어떤지는 충분히 알 수 있었다.

부르르.

"……직접 봐야겠다."

저벅저벅.

성큼성큼 계단을 올라가 의방의 문을 열었다.

벌컥!

그러자 알싸한 약재 냄새와 함께 비릿한 피 냄새가 뒤섞여 콧속을 파고들었다.

의방의 한쪽에는 지친 듯 몸을 기대고 고개를 숙인 백응세와 백동규의 모습이 보였다.

그 모습에 얼굴을 찌푸린 김종수가 앞서 걸어 나가서 그들의 몸을 흔들었다.

"자네들 지금 뭐하는 것인가!"

"으음, 헉! 저, 전하……."

정신을 차린 백응세가 내 모습을 확인하고는 곧장 몸을 낮췄다.

한 발 늦게 상황을 파악한 백동규 역시 마찬가지였다.

"환자를 치료해야 할 의원이 잠이라니! 어의 영감, 이게 대체 말이 됩니까?"

평소 사이가 안 좋았던 것일까? 김종수는 책망 어린 목소리로 강명길을 몰아 붙였다.

하지만 정작 김종수의 날카로운 지적에도 강명길의 표정은 담담할 뿐이었다.

"대감, 하루가 넘는 시간 동안 이들은 변소는커녕 물 한 모금 마시지 못하고 환자를 치료했소이다. 그러다 실신할 지경이 되었기에 내 억지로 쉬라고 한 것이오."

강명길이 시선을 돌려 나를 쳐다봤다.

"전하, 만약 저 둘을 벌하실 것이라면, 신을 벌하소서. 저들은 그저 어의인 제 말을 따른 죄밖에 없습니다."

"잘했네."

"어떠한 벌이라도 달게 받…… 예?"

"한 사람을 살리고자 두 사람을 사지로 내몰 수는 없지 않은가?"

수향을 살리고 싶은 마음은 사실이다. 하지만 다른 누군가를 극한까지 내몰면서 그녀를 살릴 수는 없는 노릇이었다.

지금의 내가 수향을 소중하게 여기듯, 당장이라도 쓰러질 것처럼 기력을 소진한 백응세와 백동규 역시 누군가에게는 소중한 사람이다.

"자네들이 치료를 했다고 들었다. 상태는 어떤가?"

백동규의 시선이 백응세를 향했다. 백응세가 고개를 끄덕였다.

"소신들이 가진 재주로 할 수 있는 것은 모두 다했습니다."

"그 말은?"

"이제 남은 것은 환자의 살고자 하는 의지와 하늘의 뜻입니다."

저벅저벅.

걸음을 옮겨 누워 있는 수향에게로 걸어갔다.

그녀의 상반신은 마치 미라를 보듯 붕대로 칭칭 감겨져 있었다.

그 사이로 옅은 핏물이 베어 나왔으며, 이마와 얼굴에는 땀방울이 송골송골 맺혀 있었다.

의녀가 옆에 앉아 땀방울을 계속 닦아주어도 마찬가지였다.

"천을 이리 다오."

"저, 전하?"

"괜찮으니, 이리 다오."

당황한 의녀가 어쩔 줄 몰라 하고 있자 손을 내밀어 천을 빼앗아 들었다.

그리고는 조심스레 수향의 얼굴에 묻은 땀방울을 닦아주었다.

"……모두 잠시 나가 있게."

나지막한 목소리로 명을 내렸다.

"하오나 전하, 어찌 전하만 이리 두고 나간단 말이옵니까?"

김종수가 당황한 듯 말했다.

따라오라고 해서 따라 왔거늘, 갑작스레 나가라하니 당황한 그의 심정도 이해는 갔다.

하지만 지금은 그의 역할이 필요한 때가 아니었다.

"나가 있으라 하였다!"

힘주어 외치는 순간 장내의 공기가 변했다.

패기를 사용한 것은 아니다.

하지만 굳이 패기가 아니더라도 이산의 몸은 애초에 만인지상의 위치에서 군림하기 위해 달려온 사내의 것이었다.

산속의 토끼가 호랑이를 만나면 몸이 얼어버리 듯, 타고난 기세는 방안에 있는 이들의 입을 다물게 하고 물러가게 만들기에는 충분했다.

오직 단 한 사람만을 제외하고 말이다.

덜덜.

뒤쪽에 앉아 떨리는 손으로 책과 붓을 쥐고 있는 사내는 바로 사관(史官)이었다.

사관이란 임금의 언행과 행동뿐만 아니라 관리들에 대한 평가와 주요 사건, 사고 등 당시의 기록을 후대에 남기기 위해 기록을 담당했던 사람이었다.

기록에 의하면, 과거 태종이 사냥을 나갔다가 실수로 말에서 떨어진 적이 있었다.

급히 자리에서 일어난 태종은 창피함에 좌우를 둘러보며, 이 사실을 사관이 알지 못하게 하라고 명령했다.

하지만 정작 당시의 사관은 태종이 그리 말한 것까지 포함해서 후대를 위한 기록을 남겼다.

이처럼 사관은 임금의 명이라 할지라도 후대를 위해서 그것을 기록해야 하는 의무가 있었다.

이 때문에 사관은 항시 권력의 힘 앞에서도 당당할 수 있는 용기가 필요했기에, 기록의 수호자라고도 불리었다.

"어쩌면 기록으로 남는 게 좋을지도 모르겠구나."

역사를 바꾸는 것은 아니다.

단지 기존에는 없었던 또 하나의 역사를 만드는 것이다.

사관을 그대로 두고 수향의 옆에 편히 자리를 잡고 앉았다.

“미안하다.”

내가 죽은 듯 누워 있는 수향에게 건넨 첫 마디는 사과였다.

“사실 내가 신경 썼던 것은 오로지 이 사람의 목숨뿐이었다. 이 사람은 절대 죽게 만들 수 없었으니까. 그래서 주변은 생각하지도 돌보지도 않았던 것이 사실이었다.”

일주일의 시간을 안전하게 보내기 위해서 갖은 방법을 떠올렸었다.

어차피 훗날의 일은 살아남은 이산이 알아서 뒷수습해 주리라 믿었기 때문이었다.

수향을 검동으로 삼은 것 또한 혹여 발생할지도 모를 상황에 방패막이로 삼기 위해서였다.

“그랬는데 네가 정말 나의 방패가 되었구나.”

가슴 속에서 울컥거리는 감정이 치밀어 올랐다.

사람이 다른 사람을 위해서 희생하는 건 결코 쉬운 일이 아니다.

더욱이 그 사람을 위해 목숨을 건다는 건 가족조차 쉽게 할 수 있는 행동이 아니었다.

만약 아무나 할 수 있는 행동이라면, 세상에 의인(宜人)

이란 단어는 만들어지지 않았을 것이다.

그런데 수향은 죽을 것을 알면서 한 치의 망설임도 없이 검을 향해 몸을 날렸다.

조금의 망설임.

아주 작은 망설임만 있었어도 장홍의 검은 내 심장을 꿰뚫었을 것이다.

다시 말해서 수향은 언제든 날 위해 목숨을 버릴 준비가 되어 있었단 소리였다.

"……어째서 내 주변에는 이렇게 바보 같은 사람들만 있는 건지."

소방관인 제임스도 그랬고 그의 동료인 테스크포스 팀원들도 그랬다.

황금 그룹의 송지철을 따르는 안 집사도 자신보다는 타인을 생각했다.

그리고 지금 눈앞에 있는 수향도 그렇다.

인간이라면, 어찌됐든 가장 소중한 것은 자기 자신이고 그 다음이 주변의 사람들일 것이다.

그런데 이들은 항상 자기 자신보다 주변을 먼저 생각했다.

스윽.

"수향아, 내가 네게 주려고 선물을 가져왔단다. 본래는 진즉 줬어야 하는데, 이렇게 줄 수밖에 없게 되어 미안하다."

챙겨왔던 사진참사검의 손잡이를 수향의 손에 살포시 쥐어줬다.

"모든 삿된 기운을 멸할 수 있는 검이니, 이 검을 손에 꼭 쥐고 있으면 내게 그 어떤 나쁜 기운도 다가오지 못할 게다. 만약 널 데려가기 위해 명부의 사자가 찾아오면, 이 검으로 혼쭐을 내주려무나. 아직 갈 때가 되지 않았으니, 썩 물러가라고 말이다."

짧은 시간 밖에 흐르지 않았는데, 수향의 얼굴에는 다시금 땀방울들이 송골송골 맺혔다.

재빨리 천으로 땀방울을 닦아 내었다.

"……절대로 지면 안 된다."

언젠가 나 자신을 향해 했던 말이었다.

"이겨낼 수 있을 것이다."

이 또한 그러했다.

검을 쥔 수향의 손에 내 손을 겹쳐 잡았다.

"절망을 이겨 내야 꿈을 이룰 수 있다. 조선 최초로 여자 내금위장이 되고자 하지 않았더냐? 아직 그 꿈을 향해 제대로 손도 뻗지 않았는데, 이대로 가버릴 생각이더냐?"

차가운 얼음덩이 같은 수향의 손을 꽉 잡았다.

"얼른 일어나서 앞으로도 나를 지켜줘야 하지 않겠느냐?"

우웅—

머릿속에 가벼운 이명이 일었다. 과연 지금 이 순간 말하는 나는 누구일까?

일순 감정에 혼란이 느껴졌다.

이산이 나인 것인지. 내가 이산인 것인지.

지금 수향을 향해 주는 마음이 누구의 것인지 알 수가 없었다.

하지만 그래도 한 가지만큼은 분명했다.

이산도 그리고 한정훈도 이대로 수향이 죽는 것을 원하지 않는다는 것이다.

[임무 완료까지 남은 시간은 10분입니다.]

얼마의 시간이 흘렀을까?

다시금 찾아든 머릿속의 이명과 귓가에서 들리는 목소리에 정신을 차렸다.

주변을 둘러보니 수향의 땀을 닦아주고 있는 의녀의 모습이 보였다.

"……내가 깜박 졸은 것이냐?"

"송구하옵니다. 이 여인의 손을 너무 꼭 잡고 잠드셔서 전하의 옥체에 손을 댈 수 없었사옵니다."

의녀의 설명에 시선을 내려 손을 쳐다봤다.

과연 접착제라도 붙여 놓은 것처럼, 내 손이 수향의 손을 꽉 잡고 있었다.

"상태는 어떠한가?"

"예?"

"환자의 상태 말이다."

"조금 전 어의 영감께서 살피시고 오늘이 고비라고 하셨습니다. 만약 오늘이 지나기 전에 정신을 차리면 살 것이지만, 그렇지 못한다면 힘들 것이라고……."

내 눈치를 살피기는 했지만, 의녀는 본인이 들은 것을 사실 대로 고했다.

설명을 전해들은 내 입가에는 절로 씁쓸한 미소가 맺혔다.

"오늘 자정이라……."

"지금은 술정시(오후8시 30분)입니다."

눈치 빠른 의녀는 재깍 지금 시각을 알려줬다.

아직 자정이 되려면, 꽤 많은 시간이 남아 있었다.

그에 비해 내가 이제 이곳에 머무를 수 있는 시간은 고작 10분 남짓이었다.

"수향아, 꼭 이겨 내야 한다."

마지막으로 수향의 얼굴을 찬찬히 살핀 뒤 자리에서 일어나 밖으로 걸어 나왔다.

의방 밖에는 여전히 어의 강명길과 이조판서 김종수, 그리고 내의원 소속의 백응세와 백동규가 대기하고 있었다.

"이조는 듣게."

"예, 전하."

"오늘부로 검동 수향을 내금위의 일원으로 삼을 것이네."

이조판서 김종수가 황당한 표정을 지었다.

옆에 있던 강명길과 백응세, 백동규의 표정도 마찬가지였다.

"그, 그게 무슨 말씀이십니까?"

"검동 수향을 내금위로 임명한다고 했네."

"전하! 수향은 여인이옵니다! 지금까지 여인이 내금위가 된 적은 없었습니다. 부디 말씀을 거두어주소서."

"과거에 없었다고 앞으로도 없어야 하는가?"

"그, 그것은……."

"전례가 없다면 짐이 그 전례를 만들면 되는 일 아닌가?"

"하, 하오나 분명 기존의 내금위들이 받아들이지 않을 겁니다."

이조판서인 김종수가 이리 나오리란 것은 충분히 예상했던 일이었다.

여인, 그것도 어느 날 갑자기 궁궐에 들어와서 내 검동이 된 아이였다.

그런 아이를 내금위로 삼는다고 하니, 쉽게 받아들일 수는 없을 것이다.

하지만 애초에 누군가의 허락을 받을 생각이었다면, 지금 이 자리에서 이와 같은 말을 꺼내지도 않았을 것이다.

[임무 완료까지 남은 시간은 5분입니다.]

더욱이 이제 내게는 남은 시간이 얼마 없었다.

"내금위의 임무는 조선의 임금인 짐을 지키는 것이다! 그런데 짐을 지키기 위해 목숨을 걸었던 자가 누구이더냐!"

쩌렁쩌렁한 목소리가 장내에 울려 퍼졌다.

그 소리에 질린 이조판서 김종수가 곧장 고개를 숙였다.

"여인이란 것이 어떻단 말이냐? 정작 나를 지킨 것이 바로 저 안에서 지금 사경을 헤매는 여인이다. 그런 그녀를 나를 지키는 내금위로 삼는 것이 무엇이 문제란 말이더냐?"

보통의 관리였다면 지금 이 순간의 기세에 눌려 아무런 말을 하지 못했을 것이다.

하지만 김종서는 명색이 판서의 자리에 오른 인물이었다.

그는 본능적으로 여기에서 입을 열지 못한다면, 뒤가 없다는 것을 알고 있었다.

그리되면, 분명 다른 파벌에 있는 자들이 살쾡이마냥 자신을 물어뜯을 것이다.

임금이 이런 결정을 내릴 때 말리지도 못하고 무얼 했느냐며 말이다.

김종서가 안간힘을 써서 말했다.

"전하, 차라리 저 여인을 후, 후궁으로 삼아 곁에 두시는 것이 어떠시옵니까? 후궁으로 삼는 일이라면, 소신이 앞장서서 돕겠습니다."

"자네는 평생 책을 읽고 살아온 선비에게 전장에 나가라고 하면 기쁘겠는가? 그리고 몸에 상처가 있는 여인은 임금의 여자가 될 수 없다는 법도를 모르는가? 그것이야 말로 자네가 말하는 이 조선의 근간을 흔드는 것이네."

"하, 하오나 아무리 그래도 어찌 여인에게 그런 벼슬을 하사하신단 말씀이시옵니까? 이는 분명 조선의 근간을 뒤흔드는……."

쿵!

힘을 주어 진각을 밟았다.

"짐이 조선이고 근간이다. 그런데 어찌 조선의 근간을 뒤흔든다고 말한단 말인가? 혹 자네는 짐이 이 조선의 임금임을 부정하는 것인가?"

그 순간 상황을 지켜보던 어의 강명길과 백응세, 백동규가 바닥에 엎드리며 외쳤다.

“전하께서는 이 조선이시옵니다.”

그제야 끝까지 반론을 펼치던 김종수의 얼굴이 창백하게 질렸다.

지금 이 순간 자칫 말 한마디로 대역 죄인이 될 수 있다는 것을 깨달은 것이다.

아무리 그가 이조판서라 해도 역모의 죄는 구족이 멸할 수 있는 중죄였다.

털썩!

“소, 소신 전하의 명을 받들겠나이다.”

[임무 완료까지 남은 시간은 1분입니다.]

시간을 다시 확인하니, 이제 남은 시간은 1분이었다.

스읔.

고개를 돌려 수향이 누워 있는 의방을 바라봤다.

이제 자신이 이산의 몸을 빌려서 할 수 있는 끝이 났다.

그 뒤는 남은 자들의 몫이었다.

‘네가 꿈을 향해 나아갈 수 있는 길은 만들어 두었다. 그러니 꼭 깨어나서 꿈을 이루려무나.’

고개를 들어 밤하늘을 바라봤다.

유난히 선명한 별들과 함께 환하게 궁궐을 비춰주는 보름달이 보였다.

마치 떠나는 길 어둡지 말라고 밝혀주는 등불과도 같다는 생각이 들었다.

"……달이 아주 밝구나."

그리고 이것이 내가 이산으로 내뱉을 수 있는 마지막 한 마디였다.

[즐거운 여행이 되셨나요? 여행 시간이 종료되었습니다.]

[지금부터 여행자의 업적을 평가하기 위해 정산의 방으로 이동합니다.]

내의원 의녀 소혜는 한성의 이름난 의가의 막내딸이었다.

어린 시절부터 궁에 대해 막연한 동경을 가지고 있던 그녀는 언제나 궁궐에 들어가는 꿈을 꾸었다.

그렇기 때문에 나이가 차자 곧장 시험을 통해 내의원의 의녀가 되었다.

시험이 쉽지는 않았지만, 의가의 일원으로 어린 시절부터 체계적으로 의술을 배웠기 때문에 다행이도 한 번에 합격할 수가 있었다.

소혜는 궁궐에 들어가서도 게으름을 피우지 않고 의술에 정진했다.

그 덕에 내의원의 의원들 사이에서는 소혜의 실력이 어지간한 참봉이나 봉사보다 낫다는 소문이 자자했다.

그 덕분이었을까?

소혜는 임금님께서 반드시 살려야 한다고 어명을 내린 여인의 치료를 맡게 되었다.

사부작- 사부작-

소혜가 천으로 수향의 이마에 맺힌 땀방울을 닦아냈다.

"……나랑 나이는 비슷한 것 같은데. 정말 대단하시네요. 이 작은 몸으로 전하의 목숨을 구하시다니."

궁궐에 소문이 파다했기 때문에 소혜 역시 수향이 누구인지 잘 알고 있었다.

그래서 정말 대단하다는 생각을 했다.

또 한편으로는 안타까움이 들었다.

수향의 치료를 옆에서 도왔기 때문에 그녀의 상태가 얼마나 위중한지 잘 알고 있기 때문이었다.

"조금 전에도 전하께서 다녀가셨어요. 아가씨의 곁을 지키시면서 걱정을 엄청 많이 하셨답니다. 저는 전하께서 무서운 호랑이와 같은 분인 줄만 알았는데, 그런 면이 있으신 줄 처음 알았어요."

소혜는 조잘조잘 떠들며, 계속해서 말을 이어갔다.

이런 행동은 그녀가 단지 심심하기 때문에 그런 것은 아니었다.

주변에서 사람이 이리 말을 거는 것만으로도 정신이 없는 환자의 의식을 되살릴 수 있는 효과가 있기 때문이었다.

그렇게 소혜가 수향의 몸에 맺힌 땀을 닦아내며, 얼마나 떠들었을까?

꿈틀.

검이 쥐어진 수향의 손가락이 조금이지만 움직였다.

그리고 그 모습은 막 땀을 닦는 천을 교체하려던 소혜의 눈에 그대로 들어왔다.

툭.

손에서 천을 떨어트린 소혜가 급히 수향에게 가까이 다가가며 말했다.

"아, 아가씨? 정신이 드세요?"

그리고 그 순간 기적처럼 수향의 입술이 열렸다.

"전…… 하……."

Chapter 71. 시스템

눈앞의 환한 빛이 사라지고 이제는 익숙한 백색의 공간이 나타났다.

"응?"

입에서 당황스러운 의문성이 흘러 나왔다.

당연히 준만 있으리라고 생각한 공간에는 전혀 예상하지 못한 손님이 있었다.

"앗! 왔다. 안녕! 당신이 한정훈이지?"

밝고 쾌활한 목소리.

원피스 차림에 양 갈래로 묶은 금발의 머리카락이 유난히 튀는 소녀가 활짝 웃으며 손을 흔들었다.

하지만 정작 소녀의 얼굴을 확인한 순간 눈살이 찌푸려졌다.

소녀라고 하기에는 너무 과할 정도의 진한 화장 때문이었다.

"후우, 오셨습니까?"

어쩐지 유난히 피곤해 보이는 얼굴의 준이 걸어 나오며, 가볍게 손을 흔들었다.

"어. 그런데 손님이 있을 줄은 몰랐네. 아니, 그보다 이곳에 너랑 나 말고 다른 사람이 올 수 있던 거야? 저 소녀도 여행자?"

준의 시선이 소녀에게로 향했다.

그리고는 나지막이 한숨을 쉬고 말했다.

"후우, 이쪽은 저와 같은 머천트 마리아입니다."

"반가워! 얘기는 많이 들었는데, 이렇게 직접 보는 건 처음이네? 난 마리아야."

활짝 웃으며 손을 흔드는 마리아의 모습에, 나 역시 손을 들어 그 인사를 받아줬다.

그런 뒤 준을 쳐다보며 말했다.

"음, 오늘은 좀 묻고 싶은 게 많이 있는데. 둘이 얘기중이면, 조금 기다릴까?"

"그러실 필요는 없습니다. 무엇을 물어볼지 대충은 알고 있으니까요."

준은 담담한 표정으로 고개를 끄덕였다.

"어?"

그 모습에 오히려 당황한 쪽은 나였다.

"내가 뭘 묻고 싶은지 알고 있다고?"

"호호! 그야 임무 때문이잖아!"

대답은 마리아에게서 흘러나왔다.

내가 놀란 표정으로 마리아를 쳐다보자 그녀가 혀를 쏙 내밀었다.

"사실 내가 준을 찾아온 이유도 그거 때문이거든."

"굳이 찾아 올 필요는 없었는데 말입니다."

"뭐라고?"

"……우선은 정산부터 시작하죠."

딱!

준이 손가락을 튕기자 반투명한 홀로그램 창이 허공에 나타났다.

"그럼, 시작하겠습니다."

준의 말이 끝남과 동시에 홀로그램 창의 중앙에 박혀 있던 숫자들이 빠르게 회전하기 시작했다.

'동기화 수치는 많이 올리지 못했지만, 그래도 이번에는 메인 임무 말고도 다른 임무도 달성했으니까 제법 포인트가 되겠지?'

기대 어린 마음으로 홀로그램 창에 시선을 집중했다.

촤르륵!

0에서 9까지의 숫자가 홀로그램 창에 연달아 돌기 시작했다.

그러더니 50,700이라는 숫자를 만들었다.

"5, 5만?"

"5만이요?"

"5만?"

동시에 나를 비롯한 준과 마리아의 입에서도 깜짝 놀란 목소리가 튀어 나왔다.

"와우! 대체 무슨 짓을 하고 온 거야? 준! 한정훈 여행자님 이제 레벨 2라고 하지 않았어?"

마리아의 질문에 준이 고개를 끄덕였다.

"맞아."

"그럼, 저 황당한 점수는 뭐야?"

"기다려. 지금 생각하고 있으니까."

어느새 진지한 눈빛의 준이 팔짱을 끼고는 말했다.

"레벨2에서 일반 임무만을 달성해서 5만 포인트를 달성하는 건 불가능에 가깝지. 하지만 아예 방법이 없는 것은 아니야."

"그게 뭔데? 그만 뜸들이고 어서 말해줘!"

마리아가 계속 보채자 잠시 생각하던 준이 입을 열었다.

"상위 여행자와 경쟁. 그리고 그 경쟁에서 이긴다면,

저만한 포인트를 얻는 것도 불가능은 아니지."

"오오!"

양손을 모은 마리아가 감탄 어린 표정을 지었다.

하지만 그러거나 말거나 준의 표정은 내게 고정되어 있었다.

"여행자님. 혹시 이번에 받으신 임무, 조금 이상하다는 생각이 들지 않으셨습니까?"

"흐음. 내가 말하지 않아도 다 알고 있는 거 아니었어? 뭘 새삼스럽게 묻고 그래."

지난 여행부터 느꼈던 의문이었다.

정산의 방에서 준이 보이는 행동을 보면, 분명 녀석은 내가 여행지에서 무엇을 하고 있는지 어느 정도 알고 있는 눈치였다.

아니, 엄밀히 말하자면 내가 여행을 떠나기 전부터 무슨 일이 벌어질지 알고 있는 것 같았다.

"뭔가 오해가 있으신 것 같습니다. 일전에도 말씀드렸지만, 여행자님이 여행지에서 무엇을 하는지는 모릅니다."

"맞아! 우리는 아주 일부분 밖에 몰라!"

"마리아!"

준이 급히 소리를 내질렀지만, 이미 흘러나온 말을 주워 담을 수는 없는 노릇이었다.

"일부분이라. 어찌됐든 알긴 아는 거네?"

내가 가만히 자신을 노려보자 준이 내 시선을 피하며 말했다.

"……정말 아주 일부분입니다. 예를 들어 어디로 여행을 가는지 같은 것 말입니다. 하지만 이런 것은 별 의미가 없지 않습니까?"

스윽.

고개를 돌려 마리아를 쳐다봤다.

"혹시 어떤 특성을 얻을 수 있는지도 미리 알 수 있지 않아?"

"특성? 아! 스킬을 말하는 거구나. 음, 아쉽게도 그 정도는 아니야."

마리아는 고개를 흔들었다.

'내가 너무 예민하게 생각했던 건가?'

진실의 동전 사건도 있고 준이 행동하는 것을 보면, 꼭 내가 여행지에서 어떤 스킬을 얻을지 알고 있는 것 같았기 때문이다.

'같은 머천트라고 거짓말을 하는 건 아니겠지?'

마리아의 말을 전부 믿을 수는 없다.

어찌됐든 그녀를 보는 것은 오늘이 처음이었고 마리아 또한 준과 같은 머천트였다.

팔은 안으로 굽는다고 했으니, 여행자인 나보다는 같은 머천트의 편을 드는 게 맞을 것이다.

하지만 머천트 마리아는 내가 생각하는 것 이상으로

엉뚱한 존재였다.

"호호! 그런데 꼭 그렇다고 알아볼 수 있는 방법이 아예 없는 건 아니야. 포인트를 활용하면, 어지간한 것들은 대다수 알 수 있으니까. 하지만 굳이 그런 곳에 포인트를 낭비하는 머천트는 없을 걸?"

마리아의 입에서 전혀 생각지도 못한 말이 흘러나왔다.

"머천트도 포인트를 사용한다고?"

"몰랐어? 포인트라는 게 꼭 여행자한테만 필요한 건 아니야. 우리도 뭔가를 사고 알아내려면, 포인트가 필요하다고."

"그럼, 그 포인트는 어떻게 버는 거지?"

"머천트들만의 일이 있기는 하지만 그건 사실 얼마 안 되고. 대부분의 포인트는 여행자가 거둔 성과를 통해 얻을 수 있어. 여행자의 동기화, 임무 완수 등등?"

마리아의 입에서 흘러나온 정보는 그간 준에게서는 전혀 듣지 못했던 내용 들이었다.

반면, 준의 표정은 마리아의 입이 열릴 때마다 못마땅한 듯 점차 일그러지고 있었다.

"거기까지! 대체 얼마나 많은 정보를 알려줄 생각인거야?"

마리아가 입술을 삐죽 내밀었다.

"뭐가 어때서? 오히려 이런 기본적인거야 알려줘도 아무런 상관없잖아? 난 이미 내 여행자에게 전부 알려준 사실인걸."

"마리아! 정보란, 그 사람이 받아들일 수준과 준비가

되어야 의미가 있는 거야. 무턱대고 알려줘 봤자 괜히 여행자의 머리만 복잡해진다고."

"흐응. 준은 너무 진지하고 신중한 게 탈이라니까. 그런 세세한 부분까지 우리가 챙겨줄 필요는 없다고. 당신도 그렇게 생각하지 않아?"

어깨를 으쓱거린 마리아가 나를 쳐다봤다.

그 시선에 나 역시 동의한다는 듯 고개를 끄덕였다.

"이봐, 준. 앞으로 그렇게까지 마음을 써주지 않아도 될 것 같은데? 네가 알려준 정보가 필요한 것인지 아닌지는 내 스스로 판단할 테니까. 이왕이면 좀 많이 알려주지 그래? 지금까지는 판단할 만큼의 정보도 없었거든."

"후우."

한숨을 푹 내쉰 준이 미약하지만 고개를 끄덕였다.

그리고는 가볍게 손가락을 튕겼다.

딱!

동시에 아무것도 없는 공간에 테이블과 세 개의 의자가 생겨났다.

"이렇게 서서 얘기를 계속할 수 없으니까, 일단은 모두 좀 앉도록 하죠."

"준! 나 홍차랑 쿠키도!"

재빨리 자리에 앉은 마리아가 탁자를 두드리며 말했다.

그러자 준이 고개를 서너 번 흔들더니, 다시 손가락을

튕겼다.

딱!

순식간에 테이블 위에 홍차가 담긴 다구(茶具)와 쿠키가 가득 담긴 접시가 나타났다.

"오! 초코 쿠키!"

입가 가득 미소를 지은 마리아가 재빨리 쿠키를 집어 들었다.

바삭- 바삭-

마리아가 쿠키를 먹는 사이 준은 주전자를 들어 각자의 찻잔에 능숙하게 홍차를 따라주었다.

"드시죠."

후루룩.

준의 권유에 따라 가볍게 한 모금 맛을 보니, 달콤하면서도 쌉싸래한 맛이 입안을 즐겁게 해줬다.

"이런 게 있으면, 평소에 좀 주지 그랬어?"

"요구한 적이 없었으니까요."

"뭐?"

"아닙니다. 앞으로는 종종 드리도록 하죠. 그보다 여행자님, 여행지에서 무슨 일이 있었는지부터 말씀해주시겠습니까? 임무부터 시작해서 다른 여행자와 만남에 대한 것까지 전부 말입니다."

"흐음. 맨입으로?"

"맨입이라고 할 수는 없을 겁니다. 여행자님이 겪은 상황과 저희가 알고 있는 사실을 합쳐서 만들어낸 가설이 결국 여행자님에게 꼭 필요한 정보가 될 테니까요."

"냠냠. 서로 Win-Win 하자는 거지."

입 안 가득 쿠키를 집어넣은 마리아가 터질 것 같은 양볼을 손으로 감싸며 중얼거렸다.

"뭐, 좋아. 그러니까 이번 여행의 시작은……."

나는 준과 마리아에게 이번 여행에서 겪은 일들을 차근차근 설명해줬다.

준은 이따금 홍차를 마시면서 내 말을 경청했다.

어느 순간부터는 마리아 역시 손에서 쿠키를 놓고 얘기에 집중하는 모습을 보였다.

그렇게 얼마의 시간 동안 떠들었을까?

"……해서 일주일을 무사히 버티고 지금 이렇게 오게 된 거야."

짝! 짝!

의자에서 일어난 마리아가 박수를 치며 말했다.

"엄청나잖아? 그러니까 자기보다 상위 레벨의 여행자와 2대1로 붙어서 이겼다는 거 아니야?"

"그게 대단한 건가?"

"당연하지! 애초에 여행자 레벨이 높을수록 구매 가능한 아이템의 종류와 효과는 천차만별이야. 물론 포인트의 차이가 있으니까 그렇긴 하지만, 아무리 그렇다고 해도 두 명을 이겼다면 단순히 운이라고 할 수는 없는 거니까. 그렇지, 준?"

준이 고개를 끄덕였다.

"맞습니다. 이번 여행에서 여행자님이 임무 완수를 통해 획득 가능했던 포인트는 최대 3만 포인트입니다. 그렇다는 뜻은 추가 임무를 통해 2만 포인트를 획득했다는 건데, 이 말은 적어도 상대 여행자가 여행자님보다 곱절은 레벨이 높았다는 소리입니다."

"지금 내 레벨이 2이니깐 그 녀석들은 최소 레벨4는 넘었을 거라는 말이지?"

"네, 그 정도 차이가 나지 않았다면 사실상 2만이나 되는 포인트를 얻는 건 불가능하니까요."

"후우. 그나마 왕이어서 다행이었지. 그게 아니었으면…… 생각만 해도 아찔하네."

실력도 실력이지만, 분명 이번 여행에서만큼은 행운의 여신이 내 편을 들어줬다고 밖에 할 수 없다.

만약 내금위 혹은 일개 벼슬아치나 내관이었다면, 지금과 같은 결과를 만들어내지 못했을 것이다.

"참, 그런데 아무리 생각해도 이해가 되지 않는 게 있어. 네가 말했지만, 역사를 바꾸려고 하면 그 업에 따라서 여행자의 영혼이 파괴된다고 하지 않았어? 특수한 물건이 있는 경우는 예외라고 쳐도, 그 녀석들은 역사에 확연히 기록을 남긴 왕을 죽이려고 했단 말이야. 무슨 자살 특공대도 아니고 말이지."

"그런 여행자가 있기는 합니다."

"뭐?"

"암울한 현재의 미래를 바꾸기 위해 과거로 가서 역사 속 인물을 죽이거나 사건을 만드는 여행자들은 분명 있습니다. 하지만 열에 아홉은 시도조차 하기 전에 실패하는 경우가 일반적입니다."

준의 말이 끝나자 마리아가 이어서 말했다.

"첫째, 애초에 본인이 원하는 정확한 시간대로 여행을 가는 건 거의 불가능해. 근사치로 가깝게 만들 수는 있지만, 그런 아이템은 가격이 무척 비싸고 여행자마다 가진 도구도 다르기 때문이지. 둘째 A를 바꾼다고 해서 미래에서 원하는 D의 결과를 볼 수 있는 건 아니야. A를 바꾸고 또 B와 C라는 결과를 바꿔야지 비로소 본인이 원하는 D에 대한 결과가 나오는 거야."

"음, 조금 어려운데."

"쉽게 말해서 당신이 세계의 히틀러를 죽였다고 해서 반드시 2차 세계 대전이 일어나지 말라는 법은 없다는 거야. 아돌프 아이히만이나 요제프 괴벨스가 히틀러를 대신해서 2차 세계 대전을 일으켰을 수도 있거든."

아돌프 아이히만과 요제프 괴벨스는 히틀러의 최측근이었던 인물들이었다.

"그러니까 너희들의 말은, 어차피 벌어질 역사의 사건은 그 장본인이 사라지더라도 결국 벌어지게 되어 있다는 말이네?"

"100%는 아니더라도 어느 정도는?"

마리아의 대답이 끝나고 내 시선은 준을 좇았다.

시선이 마주치자 준이 가볍게 고개를 끄덕였다. 마리아의 설명이 옳다고 인정을 한 것이다.

"그러니까 그런 짓을 하는 여행자의 행동은 무모하다고 볼 수 있습니다. 물론 무모해도 계속 저지르는 여행자들이 간혹 있기는 하지만, 그럴 때는 시스템에서 알아서 조율을 합니다."

"조율?"

"상대적으로 유리하게 임무를 조정하는 겁니다. A라는 여행자가 역사를 바꾸려고 하면, B라는 여행자를 훨씬 유리한 조건으로 투입해서 그를 막게 하는 거죠."

"아!"

"그렇기 때문에 지금까지 여행자들이 예상하지 못한 일들을 저질러도 세계는 붕괴하지 않고 유지해 왔습니다. 그런데……."

"이 다음부터는 내가 얘기할게. 내가 오늘 준을 찾아온 이유이기도 하거든."

지금까지의 장난스러운 표정과는 달리 마리아가 진지한 표정을 지었다.

"내가 담당하는 여행자가 이상한 말을 하더라고."

"이상한 말?"

"음, 일단 그가 받은 임무는 넬슨이란 사람을 죽이는 거였어."

"응? 넬슨? 설마 영국의 그 호레이쇼 넬슨?"

호레이쇼 넬슨.

대한민국에 성웅 이순신이 있다면, 영국에는 호레이쇼 넬슨이 있다고 할 수 있다.

그만큼 그는 전 세계인에게 있어서 세계 최고의 해군 제독으로 평가받는 인물이었다.

특히 넬슨 제독이 이끈 트라팔가 해전은 이순신 장군의 한산도대첩, 영국 하워드 제독의 칼레 해전, 그리스 테미스토클레스의 살라미스 해전과 더불어서 세계 4대 해전으로 꼽혔다.

당연히 영국인에게 있어서 넬슨 제독은 대한민국 사람들이 생각하는 이순신 장군만큼이나 위대한 인물이었다.

"그래서 설마 그 여행자가 넬슨 제독을 죽인 건 아니겠지?"

"죽였으면 어때서? 그쪽 출신이랑은 별 상관없는 사람이지 않아?"

"상관이 있고 없고의 문제가 아니야. 사람 목숨이 달린 일이니까."

애초에 사람의 목숨을 국가와 신분으로 규정하는 것 자체가 우스운 일이었다.

마리아가 씩 웃으며 말했다.

“후훗. 그냥 한번 물어 본 거야. 어쨌든 그쪽이 생각하는 그런 일은 벌어지지 않았어. 알고 보니 내가 담당하는 여행자가 넬슨이란 사람의 후손이더라고. 뭐, 그래서 임무고 뭐고 옆에 딱 붙어서 아주 열심히 싸우고 왔다나봐. 뭐, 임무는 당연히 실패했지만 말이야.”

“하지만 문제는 다른 곳에 있습니다. 시스템이 어째서 여행자에게 그런 임무를 주었느냐 하는 것입니다.”

마리아의 설명이 끝나자 준이 말을 이어나갔다.

“누군가 그 넬슨이란 사람을 죽이려고 했다면, 시스템은 그 죽음을 막아내게 하는 것이 맞습니다. 그게 역사를 비틀지 않는 길이니까요. 하지만 오히려 시스템은 그 여행자에게 넬슨을 죽이라는 임무를 줬습니다.”

“일부러 역사를 비틀게 만들었다는 거야?”

“물론, 어쩌다가 생긴 우연일 수도 있다고는 생각했습니다. 적어도 한정훈 여행자님이 조금 전의 얘기를 해주기까지는 말입니다.”

“인간들 세상에 그런 말이 있잖아! 한 번은 우연이고 두 번은 인연이며, 세 번은 운명이다.”

“지금의 상황이랑 맞는 말은 아닌 것 같은데?”

"그래도 어찌됐든 비슷한 일이 또 생겼으니, 우연은 아니란 거지."

내가 반박했지만, 이어지는 마리아의 대답을 틀렸다고 단정할 수는 없었다.

준이 앞에 놓인 찻잔을 들어 홍차를 한 모금 들이켰다.

"시스템은 저희 머천트가 관여할 수 있는 영역이 아닙니다. 오히려 저희 역시 그 시스템의 영향을 받고 있다고 할 수 있습니다."

"잠깐, 일단은 그 시스템이란 것에 대해서 서로 동기화부터 하자고. 너희가 말하는 시스템과 내가 생각하는 시스템의 의미가 다르면, 서로 얘기를 계속 해봐야 아무런 의미가 없어."

하나의 물건을 두고도 사람은 그 물건에 대한 정보와 가치를 다르게 판단할 때가 있다.

예를 들면, 책이라는 것이 누군가에게는 지식을 쌓을 수 있는 도구인 반면에 또 다른 사람에게는 그저 종이로 이뤄진 냄비 받침대인 것처럼 말이다.

"……시스템은 저희를 옭아매고 있는 모든 것입니다."

고민하던 준이 어렵사리 입을 열었지만 난 곧장 고개를 흔들었다.

지금 준이 말한 대답은 너무나도 추상적이었다.

"그렇게 말해서야 이해가 되겠어? 내가 생각하는 시스템은 말이야. 지금 내게 닥친 모든 것이야. 임무도 그렇고 항상 이명과 함께 찾아오는 목소리, 그리고 너희들, 또 내가 여행을 할 수 있는 도구까지. 그 모든 것이 내게는 시스템으로밖에 생각이 안 되는 걸?"

"웃기지마! 우리가 시스템이라니! 준이랑 나도 피해자일 뿐이라고!"

"마리아!"

준이 버럭 소리를 내질렀다.

그 모습에 마리아는 입을 다물고 나 역시 크게 놀랐다.

처음이었다.

지금까지 정산의 방에서 녀석을 꽤 여러 번 만났지만, 지금처럼 소리를 지르는 것은 본 적이 없었기 때문이었다.

"미, 미안해."

마리아는 고개를 푹 숙이고 준에게 사과를 건넸다.

그 모습에 한숨을 내쉰 준이 날 보며 말했다.

"지금 마리아가 한 말은 잊어주셨으면 좋겠습니다. 어찌됐든 저희가 지금 하는 얘기와는 상관없는 내용이니까요."

잠시 준을 쳐다보다가 고개를 끄덕였다.

머천트의 정체에 대해서 궁금하기 했지만, 녀석의 말대로 지금 얘기하는 주제의 논점은 그게 아니었다.

"뭐, 좋아. 아무튼 너희들은 그 시스템이 아니다. 그럼, 그 나머지 것은 모두 시스템이다. 이렇게 이해하면 될까?"

"거기에 덧붙이자면, 시스템은 신이란 존재가 만든 빌어먹을 규칙이라고 해두죠."

"좋아. 이제야 깔끔하게 정리되네. 신이 만든 빌어먹을 규칙이 시스템인 거야. 그럼, 얘기를 계속하자고. 그 시스템이 어째서 그런 임무를 만드는 거야? 너희들 반응을 보면, 이런 일이 벌어진 게 지금이 처음인 것 같은데."

"……그건 저희도 모릅니다."

준은 고개를 흔들었다.

내 시선은 마리아를 향했다.

시선을 받은 마리아가 퉁명스러운 어조로 말했다.

"그걸 알면, 내가 준을 왜 찾아왔겠어? 그리고 이건 우리 머천트들에게도 난감한 문제지만, 더 곤란한 사람들은 여행자들이라고. 한두 번이야 임무를 실패해도 큰 지장은 없겠지만, 계속해서 임무를 실패하면 포인트 획득에 큰 차질이 생겨. 그렇게 되면 결국 어떻게 되겠어? 여행자로 사는 것을 포기하거나 임무를 진행해야 하는데, 당신이라면 지금 여행자의 삶을 포기할 수 있겠어?"

"……."

마리아의 질문에 난 곧장 대답할 수가 없었다.

내가 이번 여행에서 포인트에 집착했던 것도 이미 여행자의 삶을 살기로 선택했기 때문이었다.

포인트가 없다면, 시간 여행에 필요한 다른 도구에 대한 정보를 얻을 수 없고, 결국 그리되면 여행자의 삶은 원치 않아도 끝나게 되어 있다.

"마리아의 말대로 결국 극소수의 여행자를 제외하고는 임무를 받아들이는 쪽을 선택하게 될 겁니다. 가장 큰 문제는 무엇보다 시스템에서 제공하는 임무는 역사를 바꾼다고 해도 페널티가 존재하지 않는다는 겁니다."

"그게 정말이야? 그럼, 역사를 바꿔도 업이 쌓이지 않겠네?"

"네, 애초에 임무라는 것 자체가 그런 것이니까요. 물론 이런 사실은 상위 레벨의 여행자가 아니라면, 잘 알지 못하는 정보입니다. 원래대로라면, 한정훈 여행자님에게 해서는 안 될 말이기도 하죠."

준의 말이 사실이라면, 미나코와 장홍의 행동도 이해가 되었다.

그들은 이미 이런 사실을 알고 있었으니, 임무를 수행하는 데 있어 아무런 거리낌이 없었을 것이다.

"그래서 결론은 뭐야? 앞으로 계속해서 지금과 같은 일이 벌어질 수도 있으니, 그냥 조심하자는 건 아니지?"

질문을 받은 마리아와 준이 기다렸다는 듯 입술을 달싹거렸다.

"정기 회의."

"일단은 모두의 의견을 들어봐야겠지."

무슨 소리냐는 표정을 하고 있자 마리아가 빈 접시를

만지작거리며 말했다.

"일정 기간마다 머천트들의 정기 회의가 있어. 물론 우리 의지로 하는 회의는 아니고, 이것 역시 아까 그 시스템이 그렇게 만드는 거야. 그래도 뭐, 오랜만에 보고 싶은 얼굴 그렇지 않은 얼굴들도 잔뜩 보고 각기 수집한 정보도 교환할 수 있는 자리라서 나름 의미가 있는 편이야."

"마리아의 설명대로입니다. 공교롭게도 정기 회의가 얼마 남지 않았으니, 일단은 그곳에서 지금 상황에 대해 논의해봐야 할 것 같습니다."

얘기가 길어졌지만, 결론은 지금 이 문제를 해결할 마땅한 해결책이 없다는 소리였다.

"대충 이해는 했어. 정리하자면, 그 빌어먹을 신이 만든 규칙인 시스템이 예상치 못한 짓을 시작했고 조만간 있을 너희 머천트들의 회의에서 이에 대한 논의를 진행해볼 예정이다. 맞지?"

준과 마리아가 동시에 고개를 끄덕였다.

'결국, 현재로썬 명쾌한 해답을 얻는 것은 글렀다는 거네.'

두 사람, 아니 눈앞의 머천트들과 얘기를 계속한다고 해서 얻을 수 있는 것은 없었다.

"그럼, 그 회의 결과는 다음에 듣기로 하고. 일단은 알고 싶은 것과 묻고 싶은 게 있어."

"대답이 가능한 질문이라면, 답변해드리겠습니다."

"시간 여행을 할 수 있는 다른 도구 말이야. 일전에 대략적인 위치는 만 포인트. 확실한 위치는 오만 포인트라고 했던 것 같은데. 그 대략적인 위치라는 게 어느 정도야? 설마 한국 어딘가에 있다 이런 식인 건 아니지?"

"반경 5km 정도입니다."

"5km라."

말이 쉬워 5km다.

그 안에 있는 물건의 숫자가 과연 얼마나 될까?

준이 단지 5km 안에 있는 목걸이라고만 알려줘도 아마 수천 개의 목걸이를 뒤지고 다녀야 할 것이다.

'아무래도 확실한 쪽으로 구매하는 게 좋겠지?'

오만 포인트가 아깝기는 했지만, 다음 여행에서 이 정도의 포인트를 벌 수 있으리란 보장이 없었다.

"그럼, 오만 포인트를 사용해서……."

탓!

"잠깐! 그거 너무 성급한 결정 아니야?"

가볍게 탁자를 치고 일어선 마리아가 찻잔에 남아 있는 홍차를 단숨에 들이마셨다.

"후우. 당장 여행 도구가 부서질 상태가 아니라면, 포인트는 아껴두는 게 어때? 아니면, 다음 여행을 위한 아이템을 사는 것도 좋고 말이야."

마리아의 만류에 고개를 갸웃거렸다.

"왜? 머천트라면, 여행자가 포인트를 써야 이득 아니야?"

"물론 그렇지. 하지만 황금 알을 낳는 거위의 배를 가르는 게 얼마나 멍청한지는 우리도 잘 알고 있어."

"저도 이번만큼은 마리아의 말에 동의하는 입장입니다."

뒤이어 준 역시 마리아의 편을 들고 나섰다.

그런 준을 내가 놀란 얼굴로 쳐다봤다.

"네가 이런 식으로 나한테 조언을 하는 건 처음인 것 같은데?"

"앞으로 어떤 일이 벌어질지 모르는데 변해야지요. 더욱이 여행자님은 제게 있어서 유일한 고객이지 않으십니까?"

"흐음."

준까지 이렇게 말하고 나서니 여행 도구의 위치를 찾겠다는 결심 또한 흔들릴 수밖에 없었다.

두 머천트가 아무런 이유 없이 이런 조언을 할 까닭이 없기 때문이었다.

'하긴 준과 마리아의 말에도 일리가 있어. 다음 여행을 대비해서 일정 포인트는 남겨둬야 또 다시 미나코나 장홍 같은 녀석과 만나더라도 승산이 있으니까.'

특히 급속 치료 알약 같은 경우에는 그 효과를 확실히 봤다.

만약의 상황을 대비해서 여유분을 챙겨두는 것이 좋고 이산의 특성이었던 패기 역시 매력적인 스킬임이 분명했다.

"좋아, 그럼 일단 상점부터 보여줘."

"알겠습니다."

딱!

준이 손가락을 튕기자 눈앞에 4개의 선택지가 떠올랐다.

[특성] [장비] [소모품] [스킬]

우선은 스킬 창부터 선택해서 목록을 확인했다.

〈패기〉

고유: Passive

등급: A+

설명: 어떤 어려운 일이라도 이겨내는 강인하고 굳센 힘과 정신입니다.

수많은 암살 위협과 불행에도 불구하고 포기하지 않고 주변과 스스로를 이겨내어 끝내 왕좌에 오른 이산의 고유 특기입니다.

효과: 자신이 지닌 기운으로 상대를 일시적 무력화 상태에 빠트립니다. 기운의 차이에 따라서 무력화 상태의 차이가 달라집니다. 단, 자신보다 강한 기운과 의지를 지닌 상대에게는 통하지 않습니다.

TP: 8,000

"8천 포인트라."

A등급이었던 진실과 거짓이 5,000 포인트였는데, 고작 +가 붙은 것만으로 3,000 포인트가 증가했다.

하지만 가격을 떠나서 패기는 분명 매력적인 스킬이었다.

기운만으로 상대를 제압할 수 있다는 것은 신체적인 접촉으로 생길 수 있는 상황에서 자유로울 수 있다는 것을 의미했다.

"좋아. 일단은 스킬 패기를 구매할게."

[8,000 포인트가 차감됐습니다.]

[스킬 패기를 획득하셨습니다.]

[한정훈]

준비된 시간 여행자 LV.2

근력: 12(2)

민첩: 6

체력: 10(2)

지력: 13

특성: 용기

스킬: 고속판단, 격투술, 직감, 진실과 거짓, 패기

보유TP: 42,700

스킬을 구매하고 능력치를 올리기 위해 필요한 포인트 수치를 확인했다.

근력, 체력, 지력의 스텟을 하나 올리기 위해 필요한 포인트는 3,200으로 동일했다.

민첩 같은 경우에는 지금까지 등한시했기 때문인지 400 포인트가 들었다.

"일단은 민첩을 10까지 올리겠어."

[6,000 포인트가 차감됐습니다.]

[민첩 스텟이 10이 되었습니다.]

"추가로 지력은 15까지."

[9,600 포인트가 차감됐습니다.]

[지력 스텟이 15가 되었습니다.]

지력을 올린 이유는 간단했다.

그동안 학점으로 인해 미뤄뒀던 사법 고시를 본격적으로 준비하기 위해서였다.

대체로 사법 고시 원서 접수는 연초인 1~2월에 시작해서 최종 발표는 연말인 11~12월에 나는 게 보통이었다.

원서를 접수하기 위해서는 토익 또는 텝스 등의 영어

점수 또한 필요했다.

'돈이야 평생 써도 될 만큼 있지만, 그에 걸맞은 옷이 없다면 빛 좋은 개살구지. 게다가 사법 고시에 합격하면, 아버지께서도 크게 좋아하실 테니까.'

또한, 이렇게 포인트를 소모한 이유는 나름대로의 계산이 있기 때문이었다.

[정산의 방에서 20,000TP 이상을 소모하셨습니다.]

[여행자의 레벨이 향상됩니다.]

[보상으로 5,000TP가 지급되었습니다.]

"좋았어!"

정산의 방에서 5,000TP 사용했을 때 레벨 2를 달성했다.

이번에도 일정 포인트 이상을 사용하면 레벨이 오를 거라고 생각했는데, 역시나 예상이 맞아 떨어졌다.

더욱이 보상으로 지급되는 포인트 역시 5,000TP나 되었다.

"상태창."

[한정훈]

노련한 시간 여행자 LV.3

근력: 12(2)

민첩: 10

체력: 10(2)

지력: 15

특성: 용기

스킬: 고속판단, 격투술, 직감, 진실과 거짓, 패기

보유TP: 32,100

준비된 시간 여행자란 호칭이 노련한 시간 여행자로 변경되어 있었다.

처음 어설픈 여행자란 칭호를 생각해보면, 장족의 발전이라고 할 수 있었다.

게다가 레벨3의 보상은 포인트와 호칭뿐만이 아니었다.

[Manager Gather가 개방 되었습니다.]

"Manager Gather?"

귓가에 들린 목소리를 따라 중얼거리자 눈앞의 홀로그램 창이 나타났다.

"……뭐야 이건? 게시판?"

홀로그램 창에 나타난 것은 인터넷에서 흔히 볼 수 있는 게시판이었다.

[도움 요청]1506년 스페인에서 활동하는 여행자 찾습니다. 현재 5월 8일입니다.

[판매]아누비스의 눈물 팝니다. 가격 조정 가능합니다.

[구매]업과 관련된 아이템 전부 삽니다.

[신고]일라니아라는 여행자를 신고합니다. 꼭 봐주세요.

[판매]차원 통신기 팝니다.

[잡담]여행 도구 구걸합니다. 제발 하나만 주세요.

[도움 요청]1701년 중국에 계신 여행자 찾습니다. 자세한 내용은 본문에 있습니다.

[질문]포인트가 너무 부족한데 머천트에게 대출 받는 게 좋을까요?

……

……

"준! Manager Gather라는 게 대체 뭐야?"

내 반문에 준과 마리아가 놀란 표정을 지었다.

"레벨 3이 되셨나 보군요. 일단 축하드립니다."

"우아! 벌써 3레벨이야? 여행자가 된 지 얼마 되지도 않았는데, 엄청 빠르네?"

"지금은 축하보다는 설명이 필요할 것 같은데?"

준이 손가락으로 볼을 긁적거렸다.

"Manager Gather. 시스템이 제공하는 여행자들의 정보

교류 공간입니다. 이용할 수 있는 사람은 레벨3 이상의 여행자들이죠."

"아!"

그제야 미나코가 말했던 M.G의 정체가 무엇인지 떠올랐다.

그녀가 말했던 M.G는 Manager Gather의 약자였던 것이다.

"이런 게 있었으면, 좀 진작 말해주지 그랬어?"

그간 혼자서 추측하고 고생했던 것을 생각하니, 화가 치밀어 올랐다.

이러한 시스템이 있다는 것을 미리 알았다면, 가장 먼저 레벨3을 목표로 했을 것이다.

"미리 알려드렸다고 해서 달라지는 점은 없었을 겁니다. 어차피 포인트를 사용하시다 보면, 레벨은 알아서 오르셨을 테니까요. 게다가 시스템에는 절대 공짜가 없는 법입니다."

"그건 또 무슨 소리야?"

"Manager Gather의 게시물을 한 번 선택해보시죠."

준의 권유에 목록에 있는 글 중 한 개를 선택해봤다.

[해당 게시물을 읽기 위해서는 100TP가 소모 됩니다. 게시물을 열람하시겠습니까?]

Chapter 72. 달라진 역사

"……!"

설마 게시물을 읽는데 포인트가 들 것이라고는 생각하지 못했다.

혹시나 하는 마음에 글쓰기 버튼을 선택해봤다.

[게시물을 작성하기 위해서는 500TP가 소모됩니다. 게시물을 작성하시겠습니까?]

아니나 다를까 게시물을 올리는 데는 무려 500TP가 소모됐다.

어찌 보면 고작 100TP 또는 500TP라고 생각할 수 있다.

하지만 이는 대단히 큰 착각이다.

TP로 표시되어 있기 때문에 별다른 위화감이 없을 뿐이지, 1TP의 가격은 한화로 1만 원이다.

다시 말해서 글 하나를 읽는데 드는 비용은 100만 원.

또 글 하나를 올리는 데는 500만 원이나 되는 금액이 소모된다는 소리였다.

"설마 검색에도?"

혹시나 하는 생각으로 검색어에 미나코라는 이름을 적어 넣었다.

그리고 곧장 검색을 시도하자 또 다시 전과 같은 메시지가 떠올랐다.

[해당 검색어를 검색하기 위해서는 50TP가 소모됩니다. 검색어를 검색하시겠습니까?]

앞선 두 개보다는 적긴 하지만, 단지 검색 한 번을 하는데 50TP, 50만 원이 소모된다.

기가 막히다 못해 웃음이 흘러나왔다.

"이거 완전히 창조 경제가 따로 없네."

"그래서 말씀드리지 않았습니까? 미리 알려드려도 큰 의미가 없었을 거라고요. 한두 번이라면 상관없지만,

Manager Gather를 자주 이용하다 보면 TP가 동나는 건 순식간입니다."

"준의 말대로야. 내가 담당하는 여행자는 그래서 여행 한 번에 딱 한 번씩 원하는 정보를 검색해서 가더라고. 아! 참고로 내가 담당하는 여행자는 얼마 전에 레벨 4가 됐어."

현대의 인터넷이 만약 이런 식이었다면, 난무하는 커뮤니티는 대폭 사라졌을 것이다.

금 수저 혹은 다이아 수저가 아닌 이상, 천만 원씩이나 써가면서 글을 올린 사람은 없을 테니까 말이다.

"이거 혹시 댓글을 다는데도 TP가 소모되는 거야?"

"정확히는 기억이 안 나지만, 아마 그랬을 겁니다. Manager Gather의 모든 것은 TP와 연관되어 있으니까요."

마리아가 고개를 끄덕이며, 준의 대답을 거들었다.

"맞아. 아마 10TP? 그 정도일거야."

댓글 한 번에 10TP, 10만 원이란 소리였다.

'지금은 일단 참는 게 좋을 것 같네.'

사실 TP에 여유가 없는 것은 아니었다.

현재 남아 있는 포인트는 32,100TP. 대략 3만을 조금 웃도는 정도였다.

궁금한 것 한두 개는 검색을 해서 열람을 해도 문제가 될 것이 없었다.

하지만 내 머릿속에는 아직도 이산 대신 칼을 맞아 생사의 고비를 넘겨야 했던 수향의 모습이 선명하게 남아 있다.

만약 포인트의 여유가 있어서 급속 치료 알약을 몇 개만 더 준비했어도 수향은 손쉽게 치료할 수 있었을 것이다.

그때를 생각하면, 단 몇 백 포인트라도 허투루 사용할 수가 없었다.

"Manager Gather는 정산의 방에서만 열람이 가능한 거야?"

"그렇지 않습니다. 여행자님의 세계에서도, 또 여행지에서도 자유롭게 사용할 수 있습니다."

"그거 하나는 마음에 드네."

사용에 제약이 없다면, 굳이 지금 사용할 필요는 없었다.

"좋아, 그럼 마지막으로 급속 치료 알약을 3개 구매할게."

〈급속 치료 알약〉

종류: 소모성

횟수: 0/1

설명: 30초에 걸쳐 자신의 외상과 내상을 빠르게 치료합니다. 단, 잘려진 신체 부위는 재생되지 않습니다.

사용 방법: 적당한 물과 함께 알약을 섭취합니다.

주의 사항: 해당 상품은 소모성으로, 횟수를 모두 사용하면 자동 소멸됩니다. 이미 목숨이 끊어진 상태에서는 해당 제품의 효과가 발동되지 않습니다.

TP: 800

[2,400포인트가 차감됐습니다.]

[급속 치료 알약 x3을 획득하셨습니다.]

구매한 급속 치료 알약은 자동으로 타임 포켓에 들어갔다.

가볍게 상점의 판매 목록을 확인한 후 손은 흔들어 홀로그램 창을 지웠다.

3레벨이 되면서, 다양한 아이템이 추가됐기는 하지만 다음 여행지가 어떤 곳이 될지 모르는 상황에서 섣불리 아이템을 구매할 수는 없었다.

"그럼, 오늘은 여기까지만 하지. 다음에 보자고."

"알겠습니다. 그럼, 다음에 뵙도록 하죠."

"다음에 또 만나!"

마리아가 양손을 흔들며 인사를 건넸다.

처음에는 진한 화장 때문에 거부감이 들었는데, 계속 보다보니 나름 어울린다는 생각이 들었다.

'차라리 준보다는 마리아를 머천트로 만나는 게 나았을지도 모르겠네.'

좋게 말하면 신중하다고 할 수 있지만, 준은 감추고 숨기는 게 많은 녀석이었다.

그에 비해서 마리아는 수다스러운 머천트였지만, 덕분에 그간 준이 꽁꽁 숨기고 있던 정보도 몇 가지 알 수 있었다.

"달콤한 혀는 독이 든 사과보다 무서운 법입니다."

"뭐? 잠깐만 너 혹시……."

딱!

의미심장한 준의 목소리에 급히 입을 열려던 찰나였다.

말을 끝내기도 전에 시스템의 목소리가 귓전을 흔들었다.

[정산의 방을 이용해주셔서 감사합니다.]

[그럼, 다음 여행까지 여행자님의 무운을 기원하겠습니다.]

번쩍!

동시에 눈앞에서 보이던 백색의 공간이 사라지고 익숙한 향기가 코끝을 간질였다.

"뭐야, 그 녀석! 설마 내 생각을 읽을 수 있는 건 아니겠지? 후우, 어찌됐든 이번에도 무사히 돌아오긴 했네."

방의 모습을 한 번 둘러본 뒤 룰렛의 실금이 가 있는 부분을 살폈다.

확실히 전보다 실금의 넓이가 두꺼워져 있었다.

다행이라면, 아직 다른 부분은 멀쩡하다는 점이었다.

"그나저나 수향은 어떻게 됐을까?"

머릿속의 수향의 얼굴이 떠올랐다.

내가 떠나기 직전까지만 해도 그녀는 생사를 알 수 없는 상황이었다.

당시 할 수 있는 모든 조치는 취했다고 해도 그 뒤 이산이 어떤 식의 결정을 내렸는가에 따라서 수향의 운명 또한 달라질 수밖에 없었다.

혹시나 하는 생각으로 책상 위의 핸드폰을 집어 들었다.

"수향."

수향이란 두 글자를 인터넷에 검색하자 무수히 많은 정보가 떠올랐다.

하지만 대대수가 연예인, 또는 화장품 브랜드였다.

잠시 고민을 하다가 검색어를 바꿔서 재검색을 시도했다.

"여자 내금위."

마지막 순간 나는 이조판서 김종수를 통해 수향을 내금위로 임명했다.

만약 수향이 죽지 않고 살았다면, 내금위의 삶 혹은 내금위장의 꿈을 이뤘을지 모른다.

"어?"

기사를 검색하는 도중 유독 눈에 띄는 기사 하나가 있었다.

[충무로의 마이다스 손 여진후! 다음 작품은 여자 내금위장을 다룬 액션 영화!]

재빨리 해당 기사를 검색해서 내용을 살폈다.

[충무로의 마이다스 손이라 불리는 여진후 감독이 새

영화 제작에 시동을 걸었습니다.

여 감독은 1994년 영화 검으로 데뷔 이후 조선에 살았다, 다모, 괴물, 악마가 산다, 범죄의 기억, 잔혹한 인생, 인류 등 액션과 느와르 장르를 넘나들며 명실상부한 대한민국 최고의 감독으로 손꼽히고 있습니다.

이런 그가 오랜만에 무협 액션 영화를 제작한다는 소식이 공개되며, 업계는 물론 관중들의 기대가 고조되고 있는 상황입니다.

특히 여 감독은 이번 영화의 시나리오를 직접 집필한 것으로 알려져 또 한 번 화제를 모으고 있는데요.

여 감독이 집필한 조선의 검(가제)은 조선 최초 여자 내금위장에 오른 여인과 정조의 사랑을 다룬 내용으로 알려져 있습니다.

극중에서 주인공으로 등장하는 조선 최초의 여자 내금위장은 정조대왕실록(正宗大王實錄)에서 언급이 되어 있는 실제 인물이라는 점에서 대중의 관심을 모은 바 있습니다.

여 감독은 이후 오디션을 통해 이번 영화인 조선의 검(가제)의 여주인공을 직접 캐스팅하겠다고 밝혀…….]

여진후 감독이라면, 나 역시 들어본 적이 있는 감독이었다.

특히 그의 작품인 괴물, 악마가 산다, 범죄의 기억이 모두 천만 관객을 달성하며, 대한민국 감독 최초로 삼관왕의 위업을 달성한 감독계의 전설이었다.

"여자 최초 내금위장과 정조……."

두 가지 연관어로 생각나는 사람은 내 머릿속에 한 명 뿐이었다.

하지만 아직 확정하기에는 이르다.

재빨리 몇 개의 검색어를 추가해서 여진후 감독이 인터뷰한 관련 내용을 찾아봤다.

그리고 얼마의 시간이 지났을까?

내 입가에는 한 줄기 미소가 걸렸다.

[내금위(內禁衛) 수향의 실력이 뛰어나니, 상이 직접 불러 하명하기를 내금위의 장을 내린다고 하였다. 육조(六曹)의 신하들과 유생(幼生)들이 상소했으나, 상께서 말씀하시길 나를 지킬 사람은 그 아이뿐이다 라고 말씀하시고 이를 강행하셨다.]

정조대왕실록(正宗大王實錄)에 적힌 문구.

그곳에는 수향이란 이름이 분명하게 적혀 있었다.

"살았구나. 정말 다행이다."

실록에 많은 내용이 적혀 있지는 않았지만, 그래도 수향이란 여인이 내금위에서 내금위장에 임명되었다는 기록이 있었다.

내가 떠나기 전에는 막 내금위로 임명했을 시기이니, 이것만을 봐도 수향이 무사히 쾌차했다는 것이 증명되었다.

하지만 기쁨도 잠시, 문득 하나의 의문이 치솟아 올랐다.

"잠깐만, 이거 혹시 역사가 바뀐 것은 아니겠지?"

내가 알지 못했던 것일 수도 있지만, 지금까지 조선 최초 여자 내금위장이란 것은 들어본 적도 없었다.

"그렇다고 이걸 확인할 수 있는 방법이 있는 것도 아닌데."

바뀐 역사를 확인할 수 있는 방법은 오로지 내 기억뿐이었다.

이미 바뀐 역사는 사람들의 기억 속에 원래부터 그러했다라고 남아 있을 것이기 때문이다.

만약 이 사실에 대해서 이상함을 느끼는 존재가 있다면, 그 사람 또한 시간 여행자일 것이다.

"으음, 크게 문제가 될 것 같지는 않은데. 뭐, 별다른 일은 없겠지."

머리를 긁적거리다가 이내 상념을 지웠다.

이미 벌어진 일을 계속 해서 고민한다고 해서 달라질 것은 없었다.

그저 지금은 수향이 바라던 대로 꿈을 이룬 것에 만족하기로 했다.

우웅.

들고 있던 핸드폰이 진동음을 토해내더니, 이내 문자

하나가 도착했다.

[안녕하세요. 법학과 학회장 정재훈입니다. 한국대학교 법학과 M.T 안내를 위해 문자를 발송 드립니다. M.T 날짜는 4월 14일부터 4월 16일까지이며, 장소는 제주도입니다. 자세한 사항은 법학과 홈페이지에서 확인해주시면 되겠습니다.]

"흐음, M.T라……."

1년 전에 있었던 기억이 떠오르자 입가에 씁쓸한 미소가 걸렸다.

작년, 그러니까 내가 신입생이던 시절 M.T 장소는 강원도에 있는 대한 리조트였다.

대한 리조트는 대한 그룹이 운영하는 리조트로 국내에서 손꼽히는 최고급 리조트였다.

당시에는 그런 곳으로 M.T를 간다는 소식에 역시 대한민국 최고의 학교에 오기를 잘했다는 생각을 가졌었다.

하지만 그 생각은 그리 오래가지 못했다. 1박2일의 M.T 참가비가 무려 100만 원이나 됐기 때문이었다.

상식을 초월한 가격도 어이가 없었지만, 정작 황당한 것은 M.T에 참가하지 않을 경우 받는 불이익이었다.

2학년까지는 M.T에 불참할 경우 장학금을 비롯한 기타 학교생활에 불이익을 당할 수 있을 것이라는 경고문이 대놓고 공지되어 있었다.

매해 사법 고시 합격생을 배출해내는 학과에서 말이다.

기가 막히기는 했지만, 전통이라는 이름 아래 불만을 가질지언정 그 누구도 토를 달지 못했다.

특히 한국대학교 법학과의 학생회장은 단지 머리가 좋다고 해서 차지할 수 있는 자리가 아니었다.

일단 맡기만 하면, 사법 고시에 합격했을 경우 최소 지검장의 자리는 보장이 되었다.

또한, 정계로 나가서 현재 국회의원 배지를 달고 있는 인물들도 여럿 있었다.

어떻게 이게 가능하냐고? 인맥과 혈연으로 끈끈하게 묶여 있는 대한민국이기 때문이었다.

"듣기로는 정재훈 이 사람도 아버지가 무슨 로펌의 대표라고 했던 것 같은데?"

바라던 것과 많이 달랐기에 학과 생활을 열심히 하지는 않았지만, 그래도 주변을 통해 듣는 얘기는 있었다.

기억이 맞는다면 현 학회장의 집안 역시 대대로 법조계에 몸을 담아 왔고, 현재는 거대 로펌을 운영 중이라고 했었다.

"그나저나 제주도라면, 이번에는 돈을 얼마나 걷으려나?"

문자에 적힌 주소를 선택하자 법학과 홈페이지가 떠올랐다.

Chapter 73. 금수저가 사는 법

-공지사항-

2017학년도 법학과 M.T 안내.

1)일자: 4월14일~16일(금, 토, 일)

2)장소: 제주도 크라운 호텔.

3)회비: 30만 원 (납부기한 : 4월 10일 17:00까지)

4)집결지: 4월14일 오전 8시30분 법대 잔디밭.

5)개인 준비물: 간편한 복장, 개인 세면도구.

*문의사항은 법학과 과사무실로 연락주세요.

자세한 일정 및 내용은 파일로 첨부되어 있었다.

하지만 그보다 내 관심을 끈 것은 이번 M.T의 비용이었다.

"30만 원?"

작년의 M.T보다 무려 70만 원이나 저렴한 비용이었다.

물론 제주도로 간다고 해서 꼭 비용이 많이 드는 것은 아니다.

저가 항공을 이용하면, 30만 원으로 2박 3일을 여행하는 것이 충분히 가능하기 때문이었다.

왕복 비행기 요금으로 10만 원, 게스트 하우스 요금으로 5만 원, 남은 15만 원으로 식대와 대중교통을 해결할 수 있었다.

그러나 이건 어디까지나 개인으로 움직일 때 가능한 비용이었다.

더욱이 M.T 장소로 기재되어 있는 곳은 제주도의 5성급 호텔인 크라운 호텔이었다.

"……1박에 47만 원?"

크라운 호텔의 홈페이지에 들어가서 숙박 요금을 확인했다.

가장 기본적인 스탠더드 룸의 하루 숙박비는 47만 원.

그것도 부가세 10%를 제외한 비용이었다.

"이러면 아무리 단체할인 혜택을 받아도 30만 원으로는 어림도 없을 텐데. 혹시 홀만 크라운 호텔에서 대관하는 건가?"

M.T에서는 선배와의 만남 같은 공식 행사를 진행했다.

이 행사에는 M.T에 참여한 학생이 모두 참석할 수 있는 장소가 필요하기 때문에, 숙박 장소는 대부분 리조트와 같이 대형 홀이 존재하는 곳이었다.

"그래도 5성급 호텔이면, 대관비만 해도 엄청 비쌀 것 같은데."

좀 더 자세한 일정을 확인하기 위해서 첨부 파일을 다운로드했다.

"……숙박은 크라운 호텔이 맞네. 그것도 3인 1조로 트윈 룸이고 말이야."

파일을 다운받아 확인한 내용에 따르면, 숙박 장소는 크라운 호텔이 분명했다.

또한, 가격이 무려 62만 원이나 하는 트윈 룸이었다.

부가세 10%를 포함하면, 정확한 가격은 68만 2천 원.

일정상 2박을 하게 되는 것이니, 숙박비만 136만 4천 원이었다.

3명의 회비를 합해봐야 90만 원이니, 이미 숙박에서만 46만 4천 원이 적자인 것이다.

이쯤 되면, 머릿속에 드는 생각은 자연스레 하나뿐이었다.

"이거 300만 원을 30만 원으로 잘못 쓴 거 아니야?"

❖ ❖ ❖

따르릉- 따르릉-

법학과 조교 이준석이 지친 표정으로 전화기를 쳐다봤다.

"후우."

이준석이 한숨을 푹 내쉬고는 수화기를 들어 수백 수천 번도 넘게 했던 멘트를 날렸다.

"네, 법학과 과사무실입니다."

[안녕하세요. 16학번 소유슬입니다. 이번 법학과 M.T 비용 때문에 문의 드리려고 하는데요.]

"……."

상대방의 용건을 확인한 이준석의 표정이 찌푸려졌다.

역시나 예상했던 질문이었다.

[여보세요?]

"30만 원 맞습니다."

[네?]

"잘못 올린 게 아니라, 이번 M.T 비용 30만 원이라고요."

[진짜예요?]

"……."

[여보세요? 저기요! 아니, 진짜 그 비용 맞는 거냐고요? 숙박도 크라운 호텔이던데, 거기 엄청 비싼 곳이잖아요.]

수화기 너머로 따지듯 들려오는 목소리에 이준석의 표정이 짜증으로 일그러졌다.

동시에 이마에 푸른 핏줄이 도드라졌다.

[조교님! 이번 M.T 비용 진짜 30만 원 맞아요?]

“야! 너 16학번이라고 했지? 내가 너보다 몇 학번 위인 줄 알아? 선배가 그렇다고 하면 네라고 대답하고 끊을 것이지. 뭘 그렇게 계속 물어봐? 그리고 물어볼 거면 과사무실이 아니라 학회에 전화해야 할 거 아니야!”

[…….]

“시발, 너 대답 안 하냐? 선배가 우스워?”

[죄, 죄송합니다. 저는 그게 아니라요. 문의 사항은 과사무실로 연락하라고 적혀 있어서요. 선배님, 정말 죄송합니다.]

수화기 너머로 잔뜩 움츠려든 목소리가 흘러나왔다.

이준석의 말대로 그는 조교이기 전에 법학과 졸업생이었다.

더욱이 괜스레 조교에게 찍히면, 이제 2학년에 불과한 16학번은 여러모로 불편한 점이 많을 수밖에 없었다.

물론 이건 어디까지나 단순히 법을 공부하는 학생일 때에만 해당된다.

대학교 선후배를 떠나서 사법 고시에 합격하는 순간, 이전의 선후배 따위는 의미 없는 또 다른 위계질서가 만들어지기 때문이었다.

"됐고. 아무튼 30만 원 확실하니까 그런 줄 알아. 그리고 앞으로 물어볼 거 있으면, 직접 찾아와라. 건방지게 전화로 물어보지 말고."

뚝!

상대방이 대답을 하기도 전에 이준석은 신경질적으로 전화를 끊었다.

"젠장, 오늘만 대체 몇 번째야?"

문자 발송과 더불어 홈페이지에 공지사항이 게재된 직후, 지금의 전화까지 합쳐 벌써 오십 통에 가까운 전화가 걸려왔다.

그 중 어째서 M.T 장소가 제주도냐고 묻는 사람은 단 한 명도 없었다.

모두가 궁금해 하는 것은 정말 회비가 300만 원이 아닌, 30만 원인가였다.

애초에 중요한 것은 제주도까지 가서 뭘 하느냐가 아니라, 자신들이 지불해야 하는 금액이었기 때문이다.

"아무튼 다들 의심은 더럽게들 많아가지고. 돈 적게 내고 좋은 곳 가면, 그냥 좋아하면 되잖아. 지들이 언제 그런 돈 내고 호텔에서 잔다고."

퉁명스럽게 중얼거린 이준석이 컴퓨터 옆의 종이컵을 입으로 가져갔다.

후릅-

"아씨, 언제 다 먹은 거야?"

종이컵 안을 쳐다보니, 어느새 말라비틀어진 커피 가루만 보였다.

인상을 찌푸린 이준석이 책상 위 아무렇게나 흩어져 있던 커피믹스를 들고 자리에서 일어나려던 찰나였다.

따르릉- 따르릉-

또 다시 전화기가 울려댔다.

"아, 진짜 시발!"

짜증 섞인 욕설을 토해낸 이준석이 손에 들고 있던 종이컵을 그대로 내던지며, 신경실적으로 수화기를 들었다.

"30만 원 맞아! 300만 원이 아니라 30만 원! 눈이 있으면, 30인지 300인지 보일 거 아니야? 한글 못 읽어?"

[…….]

수화기 너머로는 아무런 말도 흘러나오지 않았다.

반면 가슴속에 쌓인 짜증과 울분을 토해냈기 때문일까?

이준석은 아침부터 답답하던 가슴이 시원해짐을 느꼈다.

하지만 그 시원함은 찰나에 불과했다.

[자네 지금 뭐라고 했나?]

수화기 너머로 익숙하면서도 걸걸한 목소리가 들려왔다.

아침부터 받아왔던 상큼 발랄한 목소리들과는 거리가 있었다.

머릿속에 불안한 빨간불이 깜박거리기 시작했다.

꿀꺽.

당황한 이준석이 재빨리 침을 삼키고 조심스레 수화기를 귀에 대고 말했다.

"여, 여보세요? 누, 누구십니까?"

[나 지도교수 황철악이네. 거기 법과대 과사무실 아닌가? 그리고 지금 전화 받…….]

딸칵!

황철악이란 이름을 듣는 순간 이준석은 생각할 것도 없이 전화를 끊었다.

"시발, 좆 됐다."

그 짧은 사이 이준석의 얼굴은 창백하게 질려 있었다.

다른 교수도 아니고 성격이 더럽기로 소문난 황철악이었다.

특히 지난 번 신영표 고검장과 유명진 변호사의 강연으로 인해 이미 한 차례 황철악의 눈밖에 난 적이 있었다.

지금에서야 시간이 흘러 잠잠해지기는 했지만, 그렇다고 한들 과거의 일이 사라지는 것은 아니었다.

"……좆같네. 그냥 조교 때려 치고 노량진으로 들어갈까?"

"때려 치긴 왜 때려 쳐요. 그리고 요새 누가 고시 공부한다고 노량진 갑니까?"

"어?"

갑자기 들려오는 목소리에 이준석의 시선이 소리가 들려온 곳으로 향했다.

과사무실의 열려진 문 사이로 훤칠한 키에 깔끔한 슈트, 유난히 하얀 치아와 얼굴이 인상적인 학생이 보였다.

연예인과 비교할 정도는 아니었지만, 첫인상으로는 분명 호감이 가는 얼굴이었다.

"저는 형이 좋습니다. 그러니까 최소한 저 졸업할 때까지는 이곳을 지켜주세요."

남학생이 손을 흔들며 웃었다. 그는 이번 M.T를 준비하고 기획한 법학과 학회장 15학번 정재훈이었다.

"너……."

손가락으로 정재훈을 가리키던 이준석이 이내 탄식하듯 한숨을 내쉬고는 고개를 돌렸다.

그 모습에 정재훈이 어깨를 으쓱거리고는 과사무실의 소파로 걸어가서 앉았다.

"흐음. 우리 조교 형님, 오늘따라 기분이 왜 그렇게 안 좋아요? 무슨 일 있어요?"

"무슨 일은. 우리 잘나신 학회장님이 준비하는 M.T 때문이지."

"네?"

"아, 그냥 그런 게 있다고!"

"……어째 말에 가시가 있는 느낌인데요?"

소파에 앉아 있던 정재훈이 볼을 긁적거리며, 이준석을 쳐다봤다.

그 모습에 이준석이 고개를 돌리고는 인상을 찌푸렸다.

잠깐이지만, 자신을 바라보는 정재훈의 눈빛에서 싸늘함을 느낀 것이다.

그리고 그 눈빛을 받는 순간 자신이 무슨 실수를 저질렀는지 깨달았다.

'시발, 금수저 새끼! 아니 저 새끼는 다이아몬드 새끼지.'

이미 학교에서 알 만한 사람은 알고 있지만, 정재훈의 집은 로펌을 운용하고 있었다.

문제는 그 로펌이 그냥 로펌이 아닌, 최&장 법률사무소라는 것이다.

로펌에 소속된 변호사의 숫자만 600여 명.

일반 직원까지 합하면 그 숫자는 1,500명이 넘는 대기업이었다.

업계 2위와 3위로 알려진 광평과 태평양의 변호사 숫자가 100여 명이라는 것을 고려한다면, 그야말로 입이 떡 벌어지는 규모였다.

또 여기에 최&장 법률사무소의 고문들은 대다수가 행정부처의 전직 장관 또는 국장급 이상이었다.

어지간한 재벌가보다 더욱 견고하고 단단한 성.

그곳이 바로 최&장 법률사무소였으며, 정재훈은 바로 그 가문의 일원이었다.

물론 엄밀히 따지자면, 그의 어머니가 가문의 직계로 최&장 법률사무소의 이사를 맡고 있었다.

'젠장, 차라리 모르는 게 속편했을 텐데.'

대부분의 학과 학생들은 이런 사실을 알 수 없었지만, 조교인 이준석은 학생의 신상기록을 열람할 수 있기 때문에 이와 같은 사실을 진작부터 알고 있었다.

물론 그게 아니더라도 이미 학기 초 법대의 여러 교수들이 찾아와 은연 중 이런 사실을 넌지시 알려줬었다.

문제가 되지 않는 선에서는 정재훈에게 최대한 편의를 봐주라는 일종의 압박이었다.

'후우. 웃자, 웃어.'

고개를 돌린 이준석이 애써 얼굴에 미소를 지었다.

비록 번번이 사법 고시에 떨어지기는 했지만, 이준석 역시 아직 법조인의 꿈을 접은 것은 아니었다.

그런 상황에서 자칫 최&장 법률사무소의 사람에게 밉보이면, 자신의 꿈과는 상관없이 강제로 뜻을 접어야 할 수도 있었다.

"그, 그게 아니라 M.T 때문에 문의 전화가 너무 많이 와서 말이야. 300만 원인데 30만 원으로 잘못 표시된 거 아니냐고."

"그래요?"

"오늘만 해도 문의 전화가 벌써 50통 넘게 왔어."

"아니, 돈을 많이 내라고 하는 것도 아닌데, 그게 뭐가 그리 궁금해서 전화를 해서 물어본데요? 10만 원만 내라고 했으면 수백 통은 넘게 왔겠네. 하하!"

정재훈이 박장대소하며 웃음을 터트렸다. 그러나 정작 이준석은 따라 웃을 수가 없었다.

애초에 정재훈은 M.T 회비를 개인당 10만 원 만 걷을 생각이었다.

하지만 너무 적은 회비만 걷을 경우, 자칫 주변에서 말이 나올 수 있다는 주변의 만류에 30만 원으로 상향 조정한 것이다.

물론 그럼에도 불구하고 정재훈이 개인적으로 이번 M.T에 쏟아붓는 비용만 해도 수천만 원이 넘었다.

"참, 그보다 형 있잖아요. 교수님들 이번에 몇 분이나 가세요?"

"아마 대부분 가실걸? 원래 별 생각 없으시던 교수님들도 제주도라고 하니까 바람이나 쐴 겸 가신다고 말씀하시더라. 아마 대략 10명 정도 되실 거야."

"흐음, 그래요? 조금 난감하네."

"응? 뭐가?"

난감해하는 정재훈을 보며 이준석이 고개를 갸웃거렸다.

금수저를 뛰어 넘는 다이아몬드 수저인 정재훈이 난감하다고 말하는 것을 처음 봤기 때문이었다.

"그게 교수님들 방은 1인 1실 스위트룸으로 잡았거든요. 그런데 작년에는 다섯 분만 참가하셔서 다섯 개 정도만 준비를 해달라고 했는데, 10명이라니."

"……!"

이준석의 머릿속에 크라운 호텔의 숙박 요금이 떠올랐다.

'분명 일반 스위트룸만 해도 350만 원인가 했던 것 같은데, 그걸 다섯 개나 잡았다고? 그럼 1,750만 원? 저 미친 금수저 새끼!'

말 그대로 억 소리가 나오는 금액이었다.

질린 표정의 이준석을 보며, 정재훈이 말을 이었다.

"형! 지도 교수님이나 선임 교수님 같은 분들은 좀 더 좋은 방을 드려도 문제없겠죠?"

"어?"

"그러니까 같은 교수님이라고 해도 보이지 않는 서열이 있을 거 아니에요. 저야 그런 쪽은 별 관심을 가지지 않아서 잘 모르지만, 형은 조교니까 알고 있죠?"

"그, 그렇기는 하지."

이준석의 대답은 사실이었다.

같은 학교의 학과 교수라고 해도 엄연히 그 서열에는 차이가 있었다.

가장 우선적인 차별은 한국대학교 출신인지 타 학교 출신인지였다.

"그럼, 일단 로열 스위트룸 몇 개를 더 잡아야겠네요. 지도 교수님들은 로열 스위트룸으로 드리고 다른 교수님들은 일반 스위트룸으로. 괜찮겠죠?"

이준석의 머릿속에 로열 스위트룸의 가격이 스쳐 지나갔다.

분명 앞자리가 5로 시작했었다. 이 말은 최소 500만 원은 넘는다는 소리였다.

"재, 재훈아. 그냥 교수님들도 2인 1조로 한 방을 쓰시게 해도 되지 않을까? 예전에는 그렇게 많이 했거든."

"에이, 그럼 불편하죠. 그리고 이왕 돈을 쓰는 거면 그런 식으로 쓰는 게 아니에요."

"그게 무슨 소리야?"

이준석의 반문에 정재훈의 입가에 미소가 걸렸다.

"형도 알아둬요. 돈을 쓸 때는 제대로 써야 뒷말도 없고 탈도 안 나는 겁니다. 어중간하게 돈을 쓰는 사람들이 나중에 고생을 하는 거예요. 여자 친구한테 선물할 때도 싸구려 몇 개를 하는 것보다는 괜찮은 것 하나가 더 기억에 남는 법이잖아요?"

"……."

"회사에서 저희 어머니를 찾는 재벌가 사람들이 그렇더라고요. 사고치고 푼돈 좀 아끼려다가 몇 배로 돈을 더 쓴다니까요. 뭐, 그래서 저희 집이 먹고 사는 거지만."

분명 나이는 정재훈이 이준석보다 다섯 살이나 어렸다.

하지만 이준석은 자신도 모르게 정재훈의 말에 고개를 끄덕이고 있었다.

그리고 뒤늦게 깨달았다.

사는 세계가 다른 사람은 세상을 어떤 식으로 바라보고 있는지를 말이다.

"아무튼 참석하시는 교수님들 명단에 순위 표기해서 저한테 알려주세요."

"……알았다."

"뭐, 그리고 이건 제 생각이기는 하지만 은근히 소문을 내도 재미있을 것 같은데요?"

"소문?"

"상위권이야 상관없겠지만, 교수님 중에서 조금 애매하신 분들은 형이 표기하는 순위에 따라서 방이 달라지는 거잖아요."

"……!"

정재훈의 지적에 이준석의 눈이 커졌다.

그 모습에 정재훈이 어깨를 으쓱거렸다.

"같은 스위트라고 해도 차이가 많이 나거든요. 시설이라든지 전망이라든지, 기본적인 서비스도. 사람이라면, 이왕 묵는 거 좋은 곳에서 자고 싶을 테니, 교수님이라고 해도 형에게 잘 보이고 싶지 않을까요?"

이준석은 쉽게 입을 열지 못했다.

자칫 말을 잘못 꺼내면, 지금 머릿속에 든 생각이나 속마음을 들킬 것 같았기 때문이다.

그런 이준석의 모습을 보며 정재훈의 입꼬리가 슥 올라갔다.

"뭐, 그냥 그렇다는 겁니다. 그럼, 이번 주까지 정리해서 문자 보내주세요."

"그, 그럴게. 그런데 재훈아!"

"네."

"저기 뭐 하나만 물어봐도 될까?"

막 소파에서 일어나려던 정재훈이 다시 몸을 기대며 고개를 끄덕였다.

"M.T 말이야. 어째서 이렇게까지 하는 거야? 그냥 다른 학과처럼 평범하게 해도 되잖아. 솔직히 지금까지 들어간 돈만 해도 몇 천만 원이 넘잖아."

"한 번뿐이잖아요."

"한 번?"

이준석의 반문에 정재훈이 손가락으로 자신을 가리켰다.

"지금 이 순간을 즐길 수 있는 건 한 번이에요. 내가 나중에 서른 살 되고 마흔 살 돼서 지금처럼 놀려면 놀 수 있겠어요? 뭐, 물론 할 수야 있겠죠. 돈은 있을 테니까. 그런데 다 늙어서 그런 분위기 내면 뭐가 즐겁겠어요? 몸이 늙었는데 정신 연령은 어리다? 마음만은 청춘이다? 그거 다

개소리에요. 몸이 늙으면, 당연히 생각도 늙죠. 그리고 그런 늙은 생각으로 놀아봐야 지금의 재미는 절대 느낄 수 없고요."

"……."

"어차피 4학년 돼서 사법 고시 합격하고 연수원 들어가고 로펌에서 일하고 결혼까지 하면, 내 인생은 끝장이에요."

정재훈은 이미 사법 고시 합격 정도는 기정사실이라 생각하고 있었다.

하지만 이준석은 거기에 대해서 어떤 말도 할 수 없었다.

막말로 최&장 법률사무소의 변호사들이 돌아가며 과외 선생으로 1년만 붙어도, 사법 고시는 무조건 붙는다고 봐야 했다.

애초에 머리가 나빴다면 한국대학교의 법대에 들어오지도 못했을 테니까 말이다.

"흐음, 그렇게 살면 아마 모르긴 몰라도 우리 안의 가축 같은 삶이 될걸요? 대부분의 자유를 통제 당할 테니까요. 으으, 끔찍하네. 그렇다고 마음 졸이면서 몰래 놀고 싶지도 않고. 그러니까 그전에 학교에서 최대한 재미있는 추억들을 많이 만들려고요. 음, 뭐랄까? 나중에 죽을 때가 돼서 회상하더라도 대학교 다니던 그 시절이 참 재미있었지 라는 생각이 떠오를 만큼? 그런 추억을 만드는 데 들어가는 돈이라면 몇 천이 아니라 몇 억이라도 쓸 수 있어요. 어차피 그 돈이 갑자기 사라진다고 해서 제 삶이 바뀌는 것도 아니니까요."

정재훈의 설명을 들은 이준석은 한편으로는 그 마음을 이해하면서 또 한편으로는 현실을 살아가는 자신에 대한 무력감을 느꼈다.

대학교를 입학한 남자라면, 모두 한 번쯤 이런 상상을 해봤을 것이다.

멋진 스포츠카를 끌고 분위기 좋은 오피스텔에 살면서, 여유롭게 대학 생활을 즐기는 삶.

하지만 열에 아홉은 현실의 벽에 부딪쳐 대학교의 로망과는 거리가 먼 삶을 살아가게 된다.

그런데 정재훈은 일반인이 생각하는 대학교의 로망과는 차원이 다른 스케일의 로망을 꿈꾸고 있었다.

"아! 그리고 형. 스위트는 아니어도 특별히 형 방은 내가 따로 독실로 빼놓을 테니까 문의 전화와도 좀 친절히 받아주세요."

"어?"

"자칫 제가 욕먹을 수도 있거든요. M.T를 준비한 게 학생회이고 제가 회장이잖아요. 이 정도 부탁은 들어줄 수 있죠?"

"무, 물론이지. 걱정하지 마."

"알았어요. 그럼, 형만 믿고 전 이만 갑니다."

이준석을 향해 손을 흔든 정재훈이 소파에서 일어나 과사무실을 빠져나갔다.

그 모습을 바라보던 이준석이 진이 빠지는 것을 느끼며 의자에 앉았다.

잠깐이었지만, 다른 세상에 산다는 게 어떤 것인지를 느꼈다.

그리고 그 삶은 자신이 사법 고시에 합격해서 판검사 또는 변호사가 된다 한들 누릴 수 없는 또 다른 세상이었다.

따르릉- 따르릉-

그리고 그때 전화기에서 또 다시 벨소리가 흘러 나왔다.

잠시 전화기를 바라보던 이준석이 숨을 고르고 수화기를 들었다.

"네, 여보세요. 아! M.T 비용이요. 잘못 올라간 게 아니라 30만 원이 맞습니다. 네, 장소는 크라운 호텔이고요. 3인 1조입니다."

Chapter 74. 찌라시

대학교 동기들 사이에서 M.T 비용이 화제로 떠오를 무렵, 정작 나는 다른 이유로 서울 삼성동의 D.K 그룹을 방문해야 했다.

"에이션트 원, 오셨습니까?"

회장실의 문을 열고 들어서자 안성우, 안 집사가 날 반갑게 맞아줬다.

"네, 그런데 전화로 하셨던 얘기는 뭔가요? 방송국에서 저랑 관련된 찌라시가 돌고 있다고요?"

찌라시는 전단지라는 의미를 가지고 있다.

하지만 방송, 금융, 정치권에서의 찌라시는 출처가 확실하지 않은 소문을 가리키는 일종의 은어였다.

그리고 안 집사가 내게 전화로 미리 알려준 내용에 의하면, 방송국 PD들과 작가들 사이에서 내 이름이 심상치 않게 거론 되고 있다는 것이다.

"아무래도 그때 방송에 들고 나가신 셰익스피어의 사인 때문인 것 같습니다."

안 집사의 설명에 고개를 갸웃거렸다.

"그건 이미 꽤 지난 얘기이지 않나요?"

스타의 애장품은 새해 파일럿 프로그램으로 기획된 방송이었다.

다만 방송사의 사정으로 인해 기존 2월 방영 예정이었던 방송이 한 달 정도 밀렸다는 소식은 전해 들었다.

그런데 이제 와서 셰익스피어의 사인이 문제가 된다니, 의문이 드는 것은 당연했다.

"네, 듣기로는 다음 주 방송이라고 하더군요. 문제는 정혜미가 올린 트위터입니다."

"정혜미라면……."

잊었을 리가 없다.

슈퍼모델이라는 것을 떠나서 당시 정혜미와는 나름 악연이라고 할 수 있는 사이였기 때문이었다.

"방송을 얼마 앞둔 상황에서 그녀와 팬이 소통한 SNS가 문제였습니다. 그녀에게 사인을 받은 팬이 그녀의 사인은 돈으로 값어치를 따질 수 없을 만큼 소중한 것이라고 올렸는데, 정혜미가 리트윗으로 그건 사인이 수십억 원의 가치가 있을 경우에 해당되는 얘기라고 올렸습니다. 그 뒤로 사인이 어떻게 수십억을 호가하느냐에 대한 얘기가 돌면서 일이 좀 커진 것 같습니다."

"……."

굳이 그 수십억 원의 사인이 무엇인지 말을 해주지 않아도 모를 리가 없었다.

안 집사가 굳은 얼굴로 말을 이었다.

"정혜미의 발언은 그 이후 팬들 사이에서 화제가 되었고, 당시 촬영장에서 있던 사람들이 에인션트 원께서 들고 나오셨던 셰익스피어의 사인에 대한 얘기를 꺼냈나 봅니다."

"당연히 갑론을박이 펼쳐졌겠네요?"

안 집사가 고개를 끄덕였다.

"본래대로라면, 방송국에서 스포일러 유출을 위해 막았어야 하지만 파일럿 프로그램이다 보니 아무래도 이슈를 위해서 그냥 내버려두고 있는 상황인 것 같습니다."

"……."

"게다가 정혜미 역시 대놓고 밝히지는 않았지만, 그녀의 글을 보면 방송 현장에서 그런 것을 봤다는 식의 추측이 가능한 글을 게재해 힘을 실어주고 있는 입장이고요."

"흐음."

"그리고……."

"또 있습니까?"

황당함에 되묻자 안 집사가 고개를 끄덕였다.

"확실치는 않지만, 내일부터 예고편을 통해 관련된 내용을 내보낸다는 얘기가 있습니다."

"그날 촬영장에서는 문제가 될 소지가 있으니 삭제한다고…… 하지 않았군요."

굳이 직접 듣지 않아도 유추가 가능했다.

분명 내게는 관련 촬영 분을 편집한다고 했지만, 혹시 모를 상황을 대비해서 살려뒀던 것이다.

'이건 기분이 꽤 나쁘네.'

차라리 그 자리에서 방송으로 내보내겠다고 했다면, 아무렇지도 않았을 것이다.

하지만 그 당시에는 주변의 눈치를 봐서 삭제를 한다고 했는데, 이제 와서는 제법 이슈가 될 것 같으니 이용하려고 하는 것이다.

"혹시 방송국에서 에이션트 원께 따로 연락을 한 적이 있었습니까?"

"아니요. 아무런 연락도 없었습니다."

"역시 그렇군요. 죄송합니다. 제가 괜히 그런 물건을 에이션트 원께 권하는 바람에 일을 크게 만든 것 같습니다."

안 집사가 고개를 숙이려고 하자 난 서둘러 손을 뻗었다.

이번 일은 결코 안 집사의 잘못이 아니었다.

"안 집사님께서 사과하실 일이 아니죠. 문제라면, 입이 가벼운 사람과 그걸 이용하려는 방송국이겠죠. 정작 당사자인 제 입장은 고려하지 않고 벌인 일이잖아요? 제가 보기에 그들은 오히려 이번 기회를 이용해서 이슈를 만들고 시청률을 올리려고 하는 것처럼 보이네요."

사실 안 집사에게 전화를 받기 전까지 그때의 촬영은 내게 사소한 일에 지나지 않았다.

크게 생각을 하기에는 내가 매일 같이 겪고 고민해야 할 문제들이 너무 많았기 때문이었다.

하지만 일이 이렇게 됐다면, 그대로 무시하고 지나갈 수는 없다.

나야 그렇다 치더라도, 괜히 이 일이 확산되면 주변 사람들이 피해를 입을 수도 있기 때문이었다.

'방송의 힘을 무시할 수는 없으니까.'

설마 그 정도일까라고 넘어 가기에는 방송국의 장난에 의해 피해를 본 사람이 한둘이 아니었다.

더욱이 그 피해를 본 사람이 연예인이라면, 이슈라도 되었겠지만, 일반인이라면 뉴스나 인터넷 기사조차 되지 못하는 게 현실이었다.

'대표적으로 음식점 X파일이 있었지.'

모든 상황을 가십거리, 관심 가는 초점으로 촬영을 한 뒤악의적인 편집으로 방송에 내보내는 프로였다.

예를 들면, 빵에는 설탕이 들어간다.

그런데 이 설탕이 마치 빵에 안 들어가도 되는데 굳이 설탕을 넣어서 인체에 유해하다는 식으로 방송을 하는 것이다.

잘나가는 맛집이나 음식점이더라도 이런 식으로 방송에서 두드려대면, 폐업을 하는 것은 순식간이었다.

지금이야 이상함을 느낀 사람들의 조사와 항의로 프로가 폐지되었지만, 불과 1~2년 전만해도 이 프로로 인해 망한 가게가 한둘이 아니었다.

"안 집사님."

"네."

"저랑 같이 지하에 가지 않으시겠어요?"

스윽

문이 열리고 유리벽 안으로 들어서자 익숙한 기계음의 목소리가 들렸다.

[오랜만에 오셨군요.]

무덤덤한 나이트의 목소리에 어깨를 으쓱거렸다. 아직도 이런 식의 대화는 내가 사람이랑 얘기를 하는 것인지 또는 인공지능이랑 말을 하는 것인지 헷갈릴 때가 종종 있었다.

“그동안 이런 저런 일이 있었거든. 그보다 찾아줬으면 하는 게 있는데. 다음 주에 방송하는 스타의 애장품 출연자들에 대한 정보를 보여주겠어?”

요구 조건을 말한 지 불과 10초도 되지 않아서, 눈앞에 다수의 홀로그램 창이 떠올랐다.

[에이션트 원께서 출연하신 방송 프로그램이군요.]

놀랍게도 나이트는 그날 프로그램에 참석한 방청객에 대한 정보까지 보여줬다.

“어? 이 사람들은…….”

허공에 떠오른 홀로그램 창에서 눈에 익은 사람들을 발견할 수 있었다.

엔젤비너스라는 아이돌의 친구라고 했던 한세정과 지현아의 프로필이었다.

“배우 지망생이었구나.”

프로필의 내용에는 YK 엔터테이먼트 소속의 배우 연습생이라는 문구가 적혀 있었다.

돌이켜보면, 확실히 일반인이라고 하기에는 뛰어난 외모였던 것 같다.

다만 같이 있던 최혜진의 외모가 뒤떨어지지 않았기 때문에 그녀들이 예쁘다고 생각하지 못했을 뿐이었다.

[혹시 에이션트 원께서 출연하신 방송 프로가 검색어 순위에 오르도록 하고 싶으시다면, 오늘 내로 1위를 찍게 만들어 드리겠습니다.]

마치 자신에게 불가능은 없다고 말하는 듯한 나이트의 대답에 재빨리 입을 열었다.

"그런 건 아니야. 그것보다 해당 프로를 연출한 사람이나 직접 출현한 연예인들 중에서 뭔가 구린 것들이 있을까?"

[불륜, 마약, 스폰서, 성 접대, 도박. 그런 것들을 말씀하시는 건가요?]

스윽.

고개를 돌려 뒤쪽에 서 있는 안 집사를 쳐다봤다.

"정말 인공지능 맞는 거죠?"

"……물론입니다."

하지만 정작 대답을 하는 안 집사도 당황한 것 같은 표정이었다.

그만큼 나이트의 통찰력이 뛰어났기 때문이었다.

"뭐, 어떤 거라도 좋아. 사람들의 분노로 인해 방송 편성 자체가 취소될 만한 사건이면 더욱 좋고. 이왕이면, 정혜미 그녀와 자주 어울리는 사람들과 관계된 것이라면 금상첨화일 거 같은데.”

상대는 이슈를 통해서 방송 직전 대중의 관심을 받기 위한 꼼수를 썼다.

만약 그게 아니라면, 나에게 미리 연락을 했고 이런 이슈에 대해서 어떻게 처리할 것인지 논의를 했을 것이다.

하지만 그들의 연락이 없었다는 것은 나를 일반인으로 판단해서 제까짓 게 뭘 어쩌겠느냐는 식의 판단을 한 것이다.

‘뭐, 그 사람들의 판단이 틀린 건 아니지. 난 일반인이 맞으니까. 다만 조금 특별한 일반인일 뿐이지.’

애초에 그들이 나를 배려하지 않았으니, 나 역시 그들을 배려하지 않는다.

받은 만큼 돌려줄 뿐이다.

[말씀하신 요구 조건에 부합하며, 방송 편성 취소에 해당되는 이슈를 가진 사람은 3명입니다. 지금 바로 보여 드리죠.]

팟!

나이트의 말이 끝나기 무섭게 허공에 새로운 홀로그램 창이 떠올랐다.

그리고 그 창에 적힌 내용을 읽은 나와 안 집사는 전혀 생각지 못한 사실에 신음을 흘려야 했다.

"쓰레기인 사람들이 참 많네요."

"방송에서 보이는 이미지는 완전히 거짓이었군요."

홀로그램 창에 적힌 내용 중 3위는 아이돌 그룹 출신으로 현재 큰 인기를 얻고 있는 배우 이시양에 관한 내용이었다.

스타의 애장품 촬영 당시 별다른 비중은 없었지만, 나이트가 찾아낸 정보에 의하면 이시양은 최근 군 면제를 위해 다양한 분야의 의사들과 접촉했다는 것이다.

군대 문제에 관해서는 아무리 대단한 스타라고 해도 예외를 두지 않는 국가가 바로 대한민국이었다.

군 면제를 위해 의사들을 만나고 다녔다는 사실이 밝혀지면, 단숨에 각종 포털 사이트의 메인을 차지할 것이다.

더불어 현역으로 입대해서 전역하는 그 순간까지 60만 장병들에 의해 가루가 되도록 까일 것이 자명했다.

두 번째는 이번 사건의 원인이라고 할 수 있는 정혜미에 대한 소식이었다.

"흠, 대마초라. 연예인들 단골메뉴네."

국내에서 핀 것은 아니고 화보 촬영을 위해 발리를 방문했을 당시의 정황이었다.

그러나 해외에서 폈다고 해도 대한민국 현행법상 엄연한 불법이었다.

만약 그렇지 않다면, 이미 국내에는 대마 관광이라는 여행 상품이 등장했을지도 모른다.

"그리고 마지막은……."

홀로그램 창의 마지막에 있는 이름.

슬쩍 고개를 들러 안 집사를 쳐다봤다.

"이 사람 되게 유명한 배우였죠?"

"지금은 많이 죽었지만, 왕년에는 정말 대단한 배우였죠. 착하고 성실한 이미지로 전 국민의 사랑을 받았으니까요. 저 역시 팬이었습니다. 모르긴 몰라도 앞선 두 사람보다 이 사람에 관한 소식은 꽤 파장이 클 겁니다. 아무래도 저런 문제는 대한민국에서 예민할 수밖에 없으니까요."

안 집사의 목소리에는 어딘지 모르게 약간의 씁쓸함이 담겨 있었다.

하긴 추억 속의 별처럼 빛나던 스타의 치부를 봤으니, 그럴 만도 했다.

"안타깝지만, 본인이 착하고 성실했어도 자식 교육은 어쩔 수 없었나 보네요."

스윽.

다시 고개를 돌려 홀로그램 창을 쳐다봤다.

"나이트, 지금 내게 보여준 정보들. 익명으로 연예부 기자들한테 보낼 수 있지?"

[물론입니다.]

"그럼, 그렇게 해줘."

특종에 목말라 하는 기자들에게 지금과 같은 기삿거리가 들어간다면, 아마 스타의 애장품은 방영되기도 전에 갈기갈기 찢겨 편성 취소가 될 것이다.

한 명이 사고를 쳤다면, 화제성을 무기 삼아 그 부분만 편집을 하고 방송에 내보내면 된다.

그러나 그 숫자가 3명이나 된다면 편집으로 어찌할 수 있는 수준을 넘어선다.

모자이크로 잔뜩 도배된 방송을 내보낼 순 없지 않은가?

"첫 방송 출연에 그래도 나름 좋은 일을 하는 프로라 기대했는데, 결국 이렇게 되어 버렸네요."

"잘 하신 겁니다. 첫 방송부터 시청률의 노예가 돼서 사람을 기만하는 프로 따위는 일찍 망하는 게 게 대중들에게도 좋습니다."

"그런가요? 아, 그리고 안 집사님. 레이아에게 혹시 프로가 접혀서 본래 계획되어 있던 기부에 문제가 생기지는 않는지 확인 좀 해달라고 말해주세요. 괜히 이번 일로 도움을 받아야 할 사람들이 곤란해지는 건 바라지 않으니까요."

"그렇게 처리하도록 하겠습니다."

안 집사는 곧장 고개를 끄덕였다.

"그럼, 이제부터 본격적인 일을 해볼까요?"

"……?"

안 집사가 눈을 동그랗게 뜨며 날 쳐다봤다.

사실 D.K 그룹을 방문한 것은 단지 안 집사의 전화가 있기 때문만은 아니었다.

전화 때문에 조금 시일이 당겨지긴 했지만, 나이트와 안 집사의 도움을 받아서 반드시 처리해야 할 일이 있었다.

"안 집사님, 임진왜란부터 시작해서 일제강점기, 그리고 6.25를 겪으며 얼마나 많은 문화재들이 파괴되거나 소실됐는지 아십니까?"

갑작스러운 질문이기는 했지만, 안 집사는 고개를 끄덕이며 입을 열었다.

"흐음, 그야 엄청나겠죠. 지금도 대다수 유물들이 국내 박물관이 아닌 해외 박물관에 전시되어 있으니까요."

금속 활자로 만든 세계 최초의 책, 직지심체요절은 프랑스의 박물관.

아미타여래상과 몽유도원도는 일본의 박물관에 보관되어 있다.

이처럼 본래는 그 후손들이 보관하고 전승해야 할 문화재들 대다수가 외국에 잠들어 있는 게 지금의 현실이었다.

"네, 그래서 이번에 아직 이 나라에서도 찾지 못하고 외국에서도 가져가지 못했던 유물들을 좀 꺼내려고 합니다."

"그게 무슨 말씀이십니까?"

"나이트! 현재 경복궁의 모습을 홀로그램으로 띄워줄 수 있겠어?"

[소요 시간은 대략 30초입니다.]

팟!

30초란 시간은 순식간에 지나갔다.

그리고 그와 동시에 내 눈 앞에는 홀로그램으로 이뤄진 경복궁의 모습이 나타났다.

"조금 달라지기는 했지만, 그래도 큰 변화는 없네."

다행히 내 기억의 경복궁과 홀로그램으로 만들어진 모습은 이질적이라고 할 정도로 크게 변하지 않은 모습이었다.

기억을 더듬거리며, 홀로그램으로 이뤄진 경복궁을 이리저리 손으로 만졌다.

그럴 때마다 건물이 확대되거나 줄어들었고, 기둥에 적혀 있는 글씨까지 세세하게 표현되었다.

'정말 대단한데.'

30초 만에 이런 홀로그램을 만들어낸 나이트의 능력에 놀람을 느낀 것도 잠시, 이내 내 손 끝에 원하던 건물의 모습이 걸렸다.

씨익-

입가에 절로 한 줄기 미소가 걸렸다.

"찾았다."

근정전의 뒤쪽 내탕고(內帑庫).

바로 조선 왕들의 비밀 석실 백호(白虎)가 숨겨진 곳이었다.

〈7권에 계속〉